# 诗歌风赏

## 梅香映雪

### 大型女性诗歌MOOK

娜仁琪琪格　主编

2018年第四卷
总第022卷

POETRY APPRECIATION

长江出版传媒
长江文艺出版社

# 诗歌风赏

## 时光最美的记忆与珍藏

## 关注 Attention

新浪微博 @ 诗歌风赏
http://weibo.com/shigefengshang

微信公众号：诗歌风赏

新浪博客：http://blog.sina.com.cn/shigefengshang

## 联系 Contact Us

E—mail：shigefengshang@126.com

## 我们 About Us

| | |
|---|---|
| 主 编 | 娜仁琪琪格 |
| 编 辑 | 爱斐儿 |
| | 三色堇 |
| | 白 兰 |
| | 纳 兰 |
| | 宫白云 |
| 网络编辑 | 原 野 |
| 设计装帧 | 苏笑嫣 |

# 诗 与 生 命

娜仁琪琪格

　　时光倥偬，它飞逝的速度如疾驰的马蹄，一些事物在生命中哒哒哒地远去。仿佛自己是默立在时光之外的人，看着那些远去的事物，在苍茫中成为一瞬。

　　有什么能成为永恒？那些曾经用风华正茂投入的挚爱，那些以生死捍卫的纯真，那些在心头的重，那些横亘的悬崖与陡峭，那些疼痛与战栗，都在时光中成为往事。

　　而诗歌如一个巨大的魔盒承载了人生的不同阶段，当我们打开诗歌，翻动它，那些鲜活的、生动的我们就乘着时光的舟楫，逆流而上来到眼前。我们就这样站在时光的此岸，遥望彼岸的一个又一个自己，直到把自己看得恍惚，看成幻象，直到把那一个又一个自己重新确认，在这样的凝望、注视中已是泪流满面。

　　时光老去，在它不断的斧凿、雕琢里，我还是原本那个我。那个忧伤的、敏感的、迟疑的，容易陷入、沉沦于某一个情节、某一个瞬间的，热爱美好事物，喜欢亲近自然，对世界有着美好信任的小女孩子，一直都居住在我的生命里，做一个蕙心兰质的诗人。

　　没有什么能真正地改变我们，能改变我们的只有自己的那颗心。

　　庆幸此生与文字结缘，感恩诗神的眷顾，赐予我诗歌这个法宝。获得诗歌这件法器，这一生就走在了取经的路上，这么说写诗便是一条自我修炼的路，诗歌是一生修炼的场域，是不断发现自己，找到自己的途径。

　　我怀抱着诗歌这个法器在尘世间行走，在某一瞬间驻足与凝晖，它便在我情感的波涛或微澜里，发现并提炼了某个真相。它洞悉世事，也穿越古今，它颂风吟月也质疑现实。写诗时的我，已不是此刻的我，写诗时的我也不仅是我。诗歌的能量是无限的，在某一瞬间，它便展开了无限的疆域，你再开口说话，你说的已不是你要说的话。是的，我说的，已不仅仅是我要说出的话。当我在经历了人生的波折，走过了陡峭的路途，再重新回到旧鼓楼大街时，仿佛经过了一场梦，而又置身于另一场梦境里。冬日萧瑟，凝望里的钟鼓楼，现出多重的意象，暗涌的河流推拥着物是人非一起撞击我的心堤，"在子午线偏西，一个小女子承受不起更多的忧虑"。当我站在李清照画像面前，突然撞上胸膛的满腹悲凄，仿佛坐在船上的不是李清照而是我自己，我深感天地苍茫、飘蓬一叶的动荡、凄楚，那时我流的泪水与绝代才女的泪水重合。当我来到河南荥阳站，在李商隐面前无端泪涌，心潮淹没了"锦瑟"，是我的灵魂穿越了千古，还是这位唐代大诗人的灵魂就在这里，与我的灵魂相撞、对接？

诗歌装载着诗人神秘的生命密码，它就在某一处，等待着某种汇合。天与地，花草流水，自然万象，它就在其中。

有什么能成为永恒？唯有诗歌使生命常新。

# 目录 2018.4
contents

独秀

OUT SHINE
POETRY APPRECIATION

# 红娃

本名王蕾。鲁迅美术学院毕业，学士学位。有多首诗歌发表于《诗刊》《星星》《绿风》《诗选刊》《中国诗歌》《诗潮》等刊物，有多幅绘画作品发表于《海燕》《西北军事文学》《诗歌风赏》《浮梁文艺》《大诗歌》等相关刊物。曾获《西北军事文学》第二届优秀诗人奖，第四届白天鹅诗歌奖，国画《重托》获纪念"建党95周年·长征胜利80周年暨廉政"征文美术奖。辽宁省作家协会会员。

# 秋雨加重了秋天的色泽（组诗）

红娃

## 秋　雨

秋雨清凉，从清沥到轰鸣
秋雨不是革命和暴动
它只是接续，只是
一次交锋从高空中坠落

液态的涌动，带来冰凉的修辞
一些花朵似乎得以安慰
而岩石裸露出陈年的疤痕
金黄的俚语，在群山和麦地中沉默

一种对决在秋雨中止息
而深处的雷电，击中过大地漫长的隐痛
秋雨加重了秋天的色泽
渐凉的河流
正接续到我体内的积雪

## 秋天虚设空城

秋天盛大，虚设空城
花朵们灼灼，披挂桂冠和银霜
穿越暴雨而来
那曾经的夏日，如猛虎伏于夜雾

秋雨，露水的明镜

洗刷肮脏的事物
那被秋风举高的，重新在秋风中高悬

菊花，在九月中列阵
它清苦，盛大，悲伤不易侧漏
如一些卑琐不易被揭示

以菊花入药，不能解我陈年的病症
一个人的破碎和流失的血
只会被秋风一再压低
却无法织入响动的琴弦

# 王　子

箫声吹奏秋天的乐谱
月色，它银色的光芒
汇入白雪的寓言
乐器静默，像一个谜语

白马，它大雪的鬃毛
在月色中舞蹈，银色的风暴
裹挟着一条秘密的大河
白火焰燃烧秋天的脊背

箫声把秋天吹奏得广大
女子从黑夜中走出
她被白马引领，走进光的所在
白百合，在月色中开放

# 九　月

九月的北方，天空高远如明镜
秋雨过后，金属的色泽
在林中的雾气中弥漫

鹰群秘密地飞过天空

有一只曾经向我回望
我听见它们的鸣叫
像大浪拍打礁石
像昨夜的困兽咬断缰绳
又被秋风送远

九月腾出空旷的位置
放置雨水和风声
还有我没有吟诵的宋词

秋风吹拂过九月，天空空旷
我和我的马匹影只形单
在九月中一直沉默

## 今年秋天

后来，我确信
秋天是水声深处的事情了
虽然那被风擦洗的，过于明亮的水面
会把一两声鸟鸣和去年的落叶
反射给我
而今年秋天，我的木讷和迟钝
在它宽大的身旁
就快被误认为旁观者
黄昏时，有卖鱼者与我擦肩而过
他目光中也滑落了一两片秋天吧
战场与兵刃，这些字眼已过于陈旧
比我更陈旧了，但还在彼此磨拭
试图唤醒和洗亮吗
而每年秋天才活过来的人
已经像木器一样跟秋天长成了一体
那些秘密，像秋风中磨光的石头
秋天，这辽阔之上的动荡

黄昏中回来的人已一身疲倦
致使它帝国的旗帜被搁弃在风中


## 寒　露

秋天深了下来
而露水明亮
那些结霜的词语，又暗了一寸
那些孤独和沉默
又暗了一寸

秋阳下的白马
孤独里透着雪
它抖动鬃毛
像秋风甩动霜雪的鞭子

田野里，那发黄的玉米秆
肩并着肩，像秋天守候的最后的战士
它们手挽着手
它们枯黄的叶子伸向天空
在秋风中不倒
仿佛凋亡了也要，站立着进入
盛大的荒芜


## 那一片蒿草悄悄长到了野外

那一小片郊野静卧于红尘之上
那一片蒿草悄悄长到了野外
地铁穿越青年大街
直达郊野
从地铁到电车的一小段路途中
从工业文明的偶一抬头里
那道路两旁温柔扑向我的是蒿草
也是静静列队的士兵

那无声中拥抱了我的茂草
也有瞬间将我斩杀的可能
它守在自己的茂盛里
像相拥嬉戏的少女
像一群撒野的孩子
怀揣一颗不归顺红尘的心
而我只是一个匆匆的行囊沉重的过客
下午三点的光阴
为什么有了无形的波动
像一叶草茎划开湖水，旋又复原
那柔韧的刺向天空的长剑
也同时刺中了我
那一片蒿草悄悄长到了野外


## 雨

白马被扣留在雨地
从阳春白雪到下里巴人
雨用清唱找到我体内断裂的琴弦
小弦工笔，大弦泼墨

连续几天的清晨，我都在雨的敲击声中醒来
其实我确实看到了雨
小雨默默，大雨倾城

雨，似乎不再带来什么
也不再带走什么
那在时光中卷刃的，已经留在
时间的刀鞘里
那玫瑰的血，已经将夜晚
涂蓝涂黑
但我还是喜欢雨
喜欢听若有若无的叙述
喜欢听雨中的马厩传来的低沉的吆喝声
和着马鞭声消失在雨街里

# 冬　雨

它的讲述开始空洞，清冷
火焰，在短暂的停留之后
被抽空
虚无的言辞
被园中凋零的灌木充满
它因何先于雪季而到来？
那睡梦中的雪季，沉于睡梦之上
正以一场雨的形式淋湿我的耳朵

卡夫卡的城堡，限于葵花的教义之中
谁能因此讲述：
一个女人，一件红色的雨衣
在一个风雨充塞的午后
被雨水消解的琴音将归往何处？

"在我的体内，穿红色军装的士兵开入雨水
穿过黑暗的田野"*
那向上挺举的火炬树
像淋湿了羽毛的群鸟
栖落于黑枝之上

* 引言处引自诗人詹姆斯·赖特。

# 卡梅尔小镇

仅仅是邂逅，我体内的长号
就呜呜作响，而卡梅尔它不说话
它是我遗落在乡村麦地里的，提灯的少年
是我体内城堡偏左的一万亩良田

搁浅的田野，油菜花倾斜着木椅
假使你手中还握着一截战争的朽木
请你脱下秋天散落一地的骨头

脱下暗紫色的长袍
到卡梅尔去，就是现在
你要骑快马，披微凉，赶夜路
天黑的时候别回头

到卡梅尔去，那里的春天比较长久
那里的女人都身披葵花的芳香
到那里生儿，育女，趁着还没有风吹草动
月光爬满了棉花地

## 劳动者

他向着土地和生活弯腰
劳作的臂膀，因为劳作而变得结实
辛劳的汗水，渗出生命里的盐

他藏在帽檐下的面孔
再向前一步，我将看得更清
那皱纹里一定布满了丝柏和涛声

他老态龙钟的身体，因为弯曲
而像一架旧钢琴
他无声的弹奏，汇入无声土地

风吹拂过他的身体，吹拂过他脚下的竹篮
汇入远方，远处的风和金色的夕阳
在他遥远的身后呈现

# 秋至九月鹰飞高（随笔）

红娃

想起距离家不远的荷花池，许久都不曾去了，一直想着去看荷花的，可是终究还是错过了佳期。前一阵去看时，荷花已大部分开过，只剩下大片的荷叶漂浮在水上，想来现在也该接近残荷景致了吧？每站在接近枯萎的荷花池边，我总有无限的感慨和诗意涌出，每每又会念及那句耳熟能详的诗句"留得枯荷听雨水"来，诗句和残荷自然都是我喜欢的，那冰凉和凄美自然有着另一番的动人况味，但到底还是没有盛开之时的明丽和灿烂了吧。

此时说到错过，心里不免感喟，附近的荷花池建起也有多年了，可是我很少在荷花盛开的时候观望。一直是极喜欢荷花的，却总是轻易错过。错过荷花之美纵然是遗憾，由此想及我们的人生中，又有多少错过和失去，却不一定如错过荷花这般轻松。

荷至枯时，秋天也大抵来临了。

几场秋雨过后，北方的天气就渐次凉爽了下来，秋至九月，北方的秋天就来到了人间。窗外的不远处，偶尔传来不知名的鸟叫声，像高高低低、平平仄仄的音符，在雨后的空气中传送着，谁知道它们在彼此说着什么呢？或者什么也没说，只是自言自语和欢唱，像这人间有多少语言在岩石下沉默，又有多少呢喃在秋风中敞开，无人知晓。而不久前那曾经的酷暑和滚滚热浪，像是一场刚刚退去的梦境，显得不太真实，却又已经真实地来过了。

四季在恒常的流转中更迭变换着，寒来暑往，冬枯春荣，在我们无法更改的自然秩序和法则中，我们顺应并且热爱上自然生长的事物，我们同样要在恒常的四季和时间里接受那些反季的暴雨和大雪，怀揣着大雪进入盛夏，或者在火的边缘和灰烬里深入严冬，恍然之中的错觉其实不是错觉，它带着宿命的意味和生命的苦涩。河道中凸起的岩石，我们往往无法把它拾起也无法用斧头敲回，我们甚至无法用身体的影子去遮住，所以更多时候我们接受和顺应，顺应不是和解，它是沉默下的另一种无奈和语言。

我们的身体对抗不了时间，词语又何尝对抗得了时间里的尘沙和风暴？

是的，当四季的指针又指向九月和秋天，我们的心里嘴边便重新吟诵出：

秋天来了！秋天来了！秋天总会带给诗人们无限诗意和思索，谷穗金黄，谷粒归仓，转而又会在渐冷的秋风中转入萧索和苍凉。每至秋来，都会心有所动，转而又无限感慨，当我们面向秋风，看金黄的谷穗和枝头的果实在秋风中歌唱，看秋风中走过如我一样空空如也的人们，我们无法不为之动容。秋天向天地万物敞开它的怀抱，秋天也接纳了其间的歌唱者和沉默者。面对秋天我们又怎能保持沉默？面对秋天我们必须虔诚，天空中有金属的色泽，天空中有鹰群和雁阵，它的无限美意和深处的萧瑟都符合诗人的底色，"秋雨过后，金属的色泽／在林中的雾气中弥漫／鹰群秘密地飞过天空"。

秋天是一座宫殿，是一首需要歌咏的大诗，它的丰盈和虚空，向属于它的各自的方向敞开，秋空高远，秋风清凉，秋雨明净，可洗濯可剔透重负的心灵，我无限热爱秋天，又对秋天怀有深深的愧意，它的丰盈和虚空从两个方向向我敞开。面对秋天，我是贫瘠的，对于秋天之美之深邃，唯应以诗咏，方可抒怀。我一直想写一首关于秋天的大诗，却一直没有完成，那些被省略的词语和诗歌，在辗转的黑夜里和我一起存在过。这两年我的绘画创作相对要多于诗歌的写作，但这不是转向和替代，诗歌的神圣性，使得我不愿意过多地重复堆积那些变化无多的日常和苦痛，也不愿意在喧嚣中随波逐流，生活有雨水也需要花朵，大海有平缓也有波涛，词语可以省略，而诗歌其实一直在那里。

我越来越喜欢那种语言简洁节制，而充满内在张力和重量的诗歌。当我们以不可忽略的审美性来考量一首诗歌时，自然的美妙、世事的悲欢与冷暖、人心的善恶，就应该是经过诗性和美学过滤和升华之后的呈现，而不是苍白而无味的罗列和声嘶力竭的喊叫，任何试图削弱和忽略诗歌的审美性而去妄谈其他的口水分行，都是苍白而违背诗歌本质的。游走于天地间，徜徉于诗歌中，一个诗人的品性和言行关乎能否担当起"诗人"的称谓，唯有一个以品入诗、以德修身的诗人，方能呈现出诗歌中的大美。

诗歌是言说心灵和情感的一种语言艺术。我们必应葆有一颗足够忠诚的心，让它自然地存在在生命里，如雨来时则来了，雪落时则落了，来与去都听从自然的安排吧。

秋至九月鹰飞高，一个人无论面临怎样的命运低谷，都不会不去怀想一只飞鹰，其实在我们每个人的精神意志中，都会有一只雄鹰，它高傲，勇敢，赤诚！一旦秋风乍起，它也许就要振翅而飞，无论肩头有多少重负脚下有多少泥泞，无论经历过多少伤痛和孤绝，它都在我们意志的高处飞翔！

写至此，我望向窗外，初秋的草木依然茂盛葱郁，还没有一丝萧索的痕迹，门前今年春天栽种的月季花从春天一直盛开，而我这个很少养护过花的人，也开始学着笨拙地给它们修理和剪枝，去掉黄掉的叶子，剪掉开过的骨朵，旧花谢了，又发出更多新的花骨朵，时到今日它们竟也开得浓茂而鲜艳。

# 红娃白马与烈焰的秘密（评论）

## ——读红娃组诗《秋雨加重了秋天的色泽》

李轻松

　　红娃写诗，也画画。我不知道她是先写诗再画画，还是先画画再写诗。但可以肯定是，红娃是女画家中写诗最好的、女诗人中画画最好的人之一。

　　目前诗坛上有一个现象是值得探究的，一部分女诗人转向了绘画，大有星星之火已经燎原之势。而红娃应该不是从诗歌转向绘画的，我相信绘画是她本质的呈现，而写诗激发了她的诗意。或者说诗与画原本就是一体的。红娃鲁美毕业，属科班出身，职业画家。而诗歌对她来说，却不能说是绘画的一个副产品。我有点喜欢这种状态，她谨慎地审视诗坛，身在其外，很少被影响，她只是自己，独自的一种存在，这也是她保持独立精神的姿势所在。

　　由于红娃过分地沉潜，我与她虽同在一城，但对她了解不多，这也使得我与她保持相当的距离，就像她与诗坛保持距离一样。我认为，这也是艺术的真谛之一——距离感。

　　她为自己取名红娃，像一束炽烈的火焰，她一定是燃烧的。但她以一个艺术家的清高，并不把这种热烈用于日常交往上，而是冷静地看待世俗，小心地回避，顽强地守护着属于自己的领地，不会轻易对谁打开。她画国画又画油画，她在两者之间自如地穿梭，任性地挥洒。她在东方神秘主义昭示之下，又融入西方自由主义的精髓，在中西融会贯通中找到了自己的风格。我不懂绘画，但我私下想，红娃有画风作为底色，她的诗或多或少地是她绘画的另一种呈现。她比别的女诗人多了一件武器，与世界沟通的渠道，与诗达成默契的理由。所以如果在绘画中发现了红娃，大抵也会在诗歌中认识红娃。

　　在我的印象里，红娃画了太多的马。马，白马之于红娃又意味着什么呢？"秋风吹拂过九月／天空空旷／我和我的马匹影只形单／在九月中一直沉默"。秋风浩大，秋野空旷，她与她的马匹默不作声，却蕴含着巨大的能量。她的秘密在于这九月、天空、沉默，在于她内省的力量。 在这些诗句里，她没有过分地张扬，保持着应有的节制与冷静，恰到好处地收敛情感，空间与时间却得到无限拓展，那么辽阔壮美，却又安静无声。

　　是的，她也画了太多的白马与美人，这之中又怀有一个神秘的命运之神。她所钟情的马，是直抵她心灵深处的通道，是她静中的速度，是她忧伤的火焰，更是她飞翔于天空的神祇。她画各种姿态的马，垂首的马、带翅膀的马、奔跑的马……那是她不同状态下的所有幻想，也是对精神高地的不同期待。她与她的马是风，是阴影，是闪电，是抵达，是一切事物的核心，更是她燃烧的火焰。

　　红娃用色也是极其的丰富与大胆，朱红与酱紫、明黄与宝蓝、祖母绿与春日青、白与黑，这些都是她眼里的色彩，像葵花那样热烈，像大海那样宁静，更像野兽一般狂野。这些色彩也浸润到了她的诗歌之中，使她的诗展现出多元的气质。那扑面而来的视觉冲击，有些像好莱坞大片，如同炫美星空，转瞬又支离破碎。但我固执地喜欢她的白马。我觉得白马对她来说是一种象征，更是一种隐喻。白马是安静的、忧郁的、高贵的，它只把闪电藏于内心，与烈焰形成鲜明的对比。所以红娃的诗在我的眼里，无论有多少色彩的叠加，都归于白色。红娃的白马，单纯而强烈、神秘而朴素，这里有她奉行的葵花教义，有她的风雨午后，更有她琴音消解的归途。

　　"卡夫卡的城堡，限于葵花的教义之中 / 谁能因此讲述：/ 一个女人，一件红色的雨衣 / 在一个风雨充塞的午后 / 被雨水消解的琴音将归往何处？"

　　为何而写，永远是我们要追问的问题。而红娃在这里已给了我们答案，那就是不断的疑问——"归往何处"这个终极之问，引导着她在探寻之中，向着那午后、那琴音义无反顾地前行。在这个追寻过程之中，她用了她的白马、她的色彩、她的秘密通道，她能否抵达尚未可知，但我希望她一直都在路上，在风景或者风暴的中心……

　　红娃的诗初读起来是安静的，但只要再读，就会感受到内里的骚动。她是尖锐的，但她的锋芒并非是外在的，而是深藏于内。她的词语带着金属的光泽，质地是坚硬的。她把白马的神圣与火焰的烈度神奇地融合在一起，使其发生一种不可思议的反应。白马是她精神上的驰骋，而火焰是她世俗中的绽放。

　　红娃擅于用这种悖论来阐述她的美学，明明是汹涌的波涛，明明是奔腾的烈马，却被她平静地述说、内敛地收缩。这种静是可以燃烧的，这种收敛是另一种张力……她用事物的反面来展示核心，多了一种通向未来的可能。在这种种可能中，红娃是伸缩自如的。

　　"菊花，在九月中列阵 / 它清苦，盛大，悲伤不易侧漏 / 如一些卑琐不易被揭示"。如果用四季来比喻红娃的这组诗的话，那么秋天最为合适。她的诗是明净的天空下那一湖山色，厚重而深邃。她笔下的菊花，并非仅仅是因为她在秋天开放，而是她有着不易觉察的隐痛，是对盛大背面的衰落的揭示，那九月倒映的影像是这个世界的写照。

"以菊花入药 / 不能解我陈年的病症 / 一个人的破碎和流失的血 / 只会被秋风一再压低"。菊花成了她深入命运的载体，治愈病症的药。一个人的破碎，始终是没有声息的，在这个广大的世界上，她所有的一切都被覆盖，连秋风都成了一种压迫。她把自己放得很低，在风的低处，她的精神似乎被忽略了，却醒着。她写得从容不迫，又葆有内在的紧张，最终转化为坦然的接受、隐忍与和解。

红娃的诗中，有一种神性的力量不断地提升我们。当一些女诗人陷于日常的琐碎之中，或小情小景的自我陶醉之中，红娃的诗则像一道闪光的剑，发出金属般质地的声音，她给出的是精神的出口。她的诗不是简单的玄幻、穿越，而是在现实与灵魂之间找到了可以通过的缝隙，她在摆脱现实的羁绊时，很轻易地触摸到了神性的光芒。

我注意到，红娃的诗不在所谓的日常中过多地盘带与纠葛，她很轻盈地跨越了现实往返中的消耗，直抵灵魂，从虚幻中凝聚真实，在一片混沌中渐渐地呈现明亮。她其实发现了一个永恒的主题，那就是身体与精神的出路，也就是生命的终极之路，通过不断地重叠、混淆，再现澄明。

最后，我可以期待，红娃以她多变的笔触、中西交融的画风、强烈耀眼的色彩、幽深静谧的思索，描绘出属于她的更加精彩的风景线。


李轻松，女，生于20世纪60年代，已出版诗集、散文随笔集、长篇小说、童话集等数种，曾多次荣登图书排行榜。曾在《南方周末》开设个人专栏，有多部影视作品、诗剧、舞台剧上演。现居沈阳，一级作家，职业编剧。

群芳

PPOETRY APPRECIATION
Pavilion of poetess

| 1 | 2 | 3 | 4 |
|---|---|---|---|
| 5 | 6 | 7 | 8 |
| 9 | 10 | 11 | 12 |
| 13 | 14 | 15 | |

1 李琦　　　2 万小雪　　　3 张映姝　　4 琳子
5 今今　　　6 赵妮妮　　　7 如风　　　8 杨碧薇
9 立杰　　　10 蓝星儿　　　11 冷眉语　　12 苏唐果
13 谷粒　　　14 梦浅如烟　　15 吴素贞

# 流水的光阴（组诗）

李琦

## 世　界

从前，我年轻，特别爱谈世界
我的向往和好奇，无边无际
世界之大，太多想去的地方
每次远行，兴奋得都有些慌乱

如今，我的世界
具体而琐碎，触手可及
就是眼前的饮食起居
包括常去的药房、书店、超市
年迈的父母，就是整个亚洲
要安于倾听，母亲的前言不搭后语
谨慎耐心，搀扶不能自理的父亲
艰难地下床，一步一挪
气喘吁吁，坐到他的老椅子上

流水的光阴，铁打的世界
我貌似已循规蹈矩，心生凉意
却依旧在世界的目光下，想象着世界
世界，你如此博大、绚丽、神秘
你的千般美好，你的险象环生
包括由你生成的各种遗憾，椎心之痛
依旧具有如此魅惑——
你地心引力般的沉沉召唤
你的深不可测，你的不可抵达

## 在杜甫草堂

这是 2017 年的初秋
草堂，风吹着一群诗人的心事
各种语言，郑重地礼敬一个名字
此刻，汉语因为他，有了分量和光芒

战乱、悲痛、穷愁、屈辱
还有什么，他不曾经历
万物、苍生、国难、家愁
还有什么，他不曾书写

他有过太多战栗的时候
他自己就是人民，茅屋漏雨
他牵挂所有颠沛流离的人
雨打肩头，他想起更多的冷

我羡慕那些住在成都的诗人
生活在此，等于拥有秘境
浣花溪畔，花径之上，树荫之中
或许，可以随风潜入
千年之前，那烛光如豆
属于他的夜晚

彼时，茅屋正为秋风所破
举家淋雨，那个衣衫褴褛的诗人
他正在仰望夜空，吟出名垂青史的诗句
而那声音，从草堂那个雨夜
带着最深的体恤和苍劲
时断时续，穿越了千秋的浩茫

## 茶卡盐湖

从雪山到盐湖，霜雪满目
这虚空之地，旷远庄重

就像是世界的一部分底细
尤其此刻，这是恍惚的梵·高画出的夜晚
满天群星，千万朵金黄的雏菊
铺张地开满黛蓝色的天空

空气透明，神圣感冉冉上升
没有任何动静，你却分明感知到
万物都在轻轻地颤栗
凉风携带细针，先是掠过肌肤
而后一下一下，遍扎思绪
有种感觉，类似于万念俱灰
同时又心神开阔，如获千钧之力

曾经的大海，抬身变为高原
是谁说了一声：收起
风暴与波澜消隐。水滴成盐
一切，都可以消失
再以另外的形式出现
巨大的沉寂中，万物守序
岁月轰隆，古往而今来

想起那些圣贤和诗人
其中某位，就曾经生活在此地
他们心事孤绝，才华出尘
许多人一生寂静，与眼前
多么相配。他们把自己渐渐地
从波涛变成盐湖

这样想着，竟恍然觉得
那些从世上消逝的身影
此刻又重返了回来。茶卡盐湖
最后的退守之地。苍茫处
有高人隐身独坐
而那在星光下如纯银闪烁的
正是他们的智慧与命运——
璀璨如盐花，咸涩如泪水

## 在敦煌看壁画

你看那些神仙，不只端方持重
有时，还那么调皮，生动好玩儿
那些飞天，彩裙飘带，鼓瑟吹笙
披挂绫罗绸缎，云霞迤逦
风神之美，神秘，深邃
一片烂漫，让人心醉神迷

真是漂亮！遥想当年
作画的人百般辛苦
却也会有隐秘的欣慰或欢喜
唇如花瓣的某张面庞，极有可能
就是某位画师的心上之人

各位在墙壁上，绚烂而肃穆
依旧带着纷繁密集的信息
岂止呼之欲出，那种能量
简直就像要把我们吸入到
那画面之中。作为生者，我们
手持相机、手机、自拍杆及各种神器
却形神简陋，各种缺斤短两
面对墙上诸位，倒像是尚未完成

## 被冻住的船

那些船，被冻在松花江边
一声不响，看上去
像一群逆来顺受的人

它们用整个冬天来回忆
那在大江里航行的感觉
仲春和风，盛夏艳阳，深秋的星夜
当船头划开波浪，那种姿态，那种声音

作为船，比起南方的同伴
它的体验更为多元，甚至接近深邃
肃立严冬，知晓季节的威力
那被形容为波光粼粼、随风荡漾的大江
一到冬天，把心一横，竟坚硬如钢铁
任凭汽车，人流在冰面行走
而骄傲的船只，它的浮力此刻毫无意义
只能接受冬天的苦役
如老僧入定，一动不动

寂静的松花江之岸，北风料峭
行人稀少，只有那些冻住的船只
在回忆，冥想，闭关修炼
漫长的冬天，让它有机会
一遍遍体会自由的含义
它必须耐心，在此扩大自己的心量
等待轮回，静候冰消雪融

## 青海湖

说湖水像一面镜子
这比喻平庸，甚至危险

它要真是一面镜子
那会给今天的我们
多么巨大的，难堪

李琦，哈尔滨人。写诗40余年。供职于黑龙江省作家协
会。出版过诗集《天籁》《守在你梦的边缘》《最初的天空》
《李琦近作选》，散文集《永远的布拉吉》《云想衣裳》等。获
得过东北文学奖、艾青诗歌奖、鲁迅文学奖等一些文学奖项。

# 河西谣曲 （组诗）

万小雪

## 异域谣曲

有多少颗星星就有多少枚射向大地的钉子
语言的钉子，一枚一枚钉住
风中遗落的异域谣曲，一面湖水里倒映的旧山河
听说匈奴单于牵着胭脂的手，走了很远，很远……
听说祁连雪山的雪落了又升了，涂着蜂蜜的经书
和寺院里的风一道推开了山谷里的大门
杀戮静静地，慈悲满怀……
山里的人和山外的人连理通婚，星星们涌向
炊烟最初升起的村庄——

这时候，我手边的光芒随处可见，叮叮当当的神迹
像是村舍之间被驯养的老山羊
低头闻着一株蓝色的野胡麻花，笑而不语
甚或，巨大的欢愉过后，它也只是披着一件星光的毛氅
洁白如雪，憨态可掬，摇摇晃晃步入
时空之境

## 风像经卷一样展开

一阵沙尘过后，风像经卷一样从天而降
众多的族群如云朵上的雨，凝聚着，沉甸甸地
始终饱含最初的锋芒和大野，一如既往地狂飙
在他们的疆域上固守着残垣、烽燧，和寺院里
簇拥蜂至的鸦群……

群芳
022

有一个将士的血，依旧在风里唱着回家的歌谣
有一段白骨，仍然醉卧在白雪的下面
他侧耳倾听到一个时代的轰鸣，但那不是激情
他抚摸窗棂下的旧日子，但那不是爱
就这样静静蔓延着，不发出一点声音
和草木永恒眷恋
他的根须，正在滋养人间所有的孤独

我没有烈酒，没有招魂的经幡，众多将士们啊
蜷缩在锈迹斑斑的铠甲里，小如洪荒宇宙
小如无，小如风中记录下的一切
动荡过的一切


# 谶　语

它在一一实现，像星星布满群山，狼群哀号
寺院里古朴的风竭力在摇动
每一根檩子都见识过这样的狂野，这样的无助
物象之中，席卷了一切的征兆
缓慢用手掌按下篝火，挂起鹰的大氅
你信步走出山河，不带一兵一卒
这在楚河汉界不多见，隔着一层薄薄的尘世
你替失眠者致歉人类
你替自杀者致歉时光
你替孤儿致歉良心
你替一切道德致歉最后的审判
你在向一具肉体致歉精神的火焰
你替精神致歉那些倒下的思想，却还在
不停地屹立，不停地修正

# 夜空下

一旦你蒙上双眼，这里盘旋着众多的归途和旅人
风展开他们的棉麻，筋骨历历在目

月光像银手镯，佩戴在一位黑脸妇人的手臂上
月光又像利刃，切断了她的西域，她的长安街头

迎着风，她的腰间叮叮当当，猛兽骨饰的
表情亮了——
一头豹子踩着雪山鸟儿的蹄印，在天空舞蹈
猎人们喝下烈酒，放下屠刀，他们开始长出翅膀
激情像是一堆堆无法熄灭的篝火
缓慢绽放内心幽蓝的涟漪
在草原和陆地之上，在星辰和沙粒之间
心爱的女人和心爱的佩刀一样
都是他们回家的光芒，凛冽且不迟疑

被天空喂养的鹰们纷纷让出雪山、草地
献出了羔羊和美酒
帐篷以外的河西走廊，大风一次一次修葺你我的梦境

## 山谷里的亚麻色

从山上翻卷下来的骤风，裹挟着祁连山的雪
银子的笑声，叮当作响的佩饰
在这样迅疾的夜色里，三五成群，点燃一片
山谷里的亚麻色，犹如夜空的鳞片

三三两两的人影翕动，聒噪的雀鸟划过那个朝代
翅膀里尽是风，和风鼓胀的情爱
帐篷扎在河畔，星群环绕群山
说法的人，唱经的人，瞎眼点灯的人，怀里
种植出莲花的人
如一道道滚雷，滚过每一个汉人的屋顶
我的祖先最先从马上下来
挑破史书秘密的一角：

牛奶一样的晨雾，为我送来了你

## 静止的废墟

时间像一群汹涌的客人，努力攫取
一座寺院内心的色彩
那些豹子在崖畔日夜伺机，婉转，它们驮着
昼和夜这两部经书，轻轻用羽毛蹚过黎明

一些影子仍然在静寂中缓缓撤退，一百年，一千年
一寸寸，经过盐碱、沼泽、密不透风的山林和群山
然而故事犹如大旗，犹如舵手，犹如一位铁骨船长
顶风冒雪，嘶喊拼命，它要让人物活起来
它要让人寰活起来，尽管牙齿脱落，眼窝深陷
像那场烽火狼烟里的毁灭和图腾
它也要成为这座废墟的筋骨血脉、古树枯藤，抑或零星的
昏鸦萦绕的鸣叫……

此刻，我确信我和色彩们，一直静止在经幡下面
在侧耳聆听这座沸腾的古堡
和最后一个人到来时，离开时的亲切模样

## 遥远的香气

闻香而来的客人们云集丝绸，一匹瘦马卸下经书
一棵树成为一部书的荫凉，一切静下来
一场香气的盛宴在湿漉漉的草地上展开，绵延
六月漫不经心的旋转，像我和你第一次邂逅
像眼睛里的风追随身后的蝴蝶：你抓住了我

这么大安静的舞台，万物沉默不语
任由我们心底的话语如同秘密的幕布一同涌动
我想起你风中敛动的髭须，挽着群山的心跳
我梦见你白雪覆盖的脸颊，缀满湖水的眼睛和枝丫
我已经成为你的一部分，昼与夜的一部分

而漫长的时间已无法像一道鸿沟那样掩埋

我和你之间的一切雨雾泥泞、群山叠嶂
它的香气犹如时间的蜜——
在我品尝过的地方，你刚刚来过
你熄灭最后一根烟蒂，可它在夜空里
却是那么芳香，持久的一颗星辰


## 少年史

马背少年撩起长袍，在万里云朵的簇拥下
揭开了西风的面纱，一轮月亮从他的心尖上升起

我们之间有群山、星辰、大海
围绕毡房的青草、珍珠、玛瑙，和散落一地的奶香

为我编织光芒，为我饲养湖水
在群山的尽头，为我牵出一匹匹雾岚和雨水的骏马

我们之间有柴门、瓦缶、绳橡、马厩
有旧时代的步履，有节气里布谷和蚁群回家的方向

你站过的地方青草葱茏，猛兽时常出没
一身筋骨仿佛藏匿着另一个你，闪电的你

万小雪，中国作协会员，参加诗刊社第27届"青春诗会"。20世纪90年代开始诗歌、小说创作，先后在《诗刊》《飞天》《黄河文学》等80种报刊发表诗歌小说作品多篇(首)。作品多次获奖，入选各种诗歌选集。出版诗集《蓝雪》《带翅膀的雨》《一个人的河流》《沙上的真理》《西域记》。现于甘肃省玉门市文联供职。

# 植 物 诗 （组诗）

张映姝

## 金银花

蓝黑的果实，挂在藤上
像时光的一个个节点

白色的花，昨天开
黄色的花，明天开
同一朵花，结同一粒果

那么多的花在开，白的，黄的
我只看见你那一朵
我的白，隐藏在你的黄里

像我的疼，埋在你的果实里
你，蓝黑的圆球，挂在枝头
我看不清你

我在你的内里
我看不到完整的你

我在你的外面
我看不透完整的你

——我们是一体的

雪片，如花，如絮
我的疼，在你的体内奔跑

群
芳

027

与你的苦难、真诚、专注
修成一个完美的圆

修成一个疼得要命的名字
——忍冬


## 诸葛菜

该怎么赞美你——
春天的邮差
在另一首诗里，你是二月兰

二月兰，多美的名字
像诗，自带芳华
像远方，憧憬如梦
二月，那是江南的春天

要怎么赞美你——
我已被北国的凛冬，掏空
像从一场炽烈、持久的爱恋
抽身。退无可退的
都是愁肠

能怎么赞美你——
夏的拥趸者
你用潮水般的花汛
淹没饥渴的眼神

沦陷的人呀，不敢
向柔情的二月兰呼救
她从心里迸发出
坚定而自由的呼唤——

满坡的诸葛菜哦
昂起复生的枝叶，飒飒起舞

一簇簇暗紫的花蕾
孕育着又一个春天

哦，我该如何赞美
——这无需赞美的美


## 蔓锦葵

整个下午，我都在寻找
寻找去年的足音
野芝麻的好年华已成旧事
野蔷薇的果实透着初红
野葱紫色的花球干枯
我欣然接受这些
像初识，重逢，然后别离
巨石安卧，梵音缭绕
白裙女孩有梦般的年龄和容貌
我没有错过什么
也不会有一丝畏惧
群山已在身后
脚下，一株蔓锦葵
用粉色的绽放，等候着我
并向我致敬

## 紫娇花

当习惯于仰视
南国的花树，携高枝、繁花
鸟鸣随光，穿叶而下
世界呈现，美好之一种

所以，需要低头
看看大地和低矮的生长
一小片水洼，挺立着败花的菖蒲

蓝天、树的倒影，清晰如镜

世界，依然美好
以俯视的角度和心态
岸边，一丛绿，撑起
几把紫色的碎花小伞

那么矮，那么小巧
跪着，才能看清它的花叶
轻轻掐下一片叶，似韭
慢慢品咂　另一种认知方式

此刻，世界是一株紫娇花
它的美好，被你们
一起创造，奉献
并与世人享受

## 幸福树

清晨，幸福树开了第十朵花
今年的第十朵。它一生中的
第十朵。也许是第十一朵
或是第十三朵。花期太短
而人世如漩涡，裹挟我

我叹息过无数次
它的枝干密、细，水土不服的症候
叶子瘦、薄，像老妇干枯的脸
竭力向上长。天花板冷冷地扭弯
它的脖子　不济的命运呀

我只思考过十次，或许还有几次
这取决于那孕育中的小小花蕾
我还是辨认不出它
总是那样，灰秃秃的树干上

它孤独、决绝地吹响黄绿的喇叭

幸福树开的是幸福花
这世间的认定，充满欲望、自我
我看着这第十朵花
心，又开始疼
比第九次疼得又深了一毫米


## 达乌里秦艽

原来，我可以如此轻
轻于蝴蝶的停落
轻于小风拂过，雨滴滑落
草原上，这些自然的事物
只有自然的重量
我能感觉到。像蜕皮
我一点点挣脱那些冗赘之物
再看看，远方的天际
山坡上雪白的毡房
草地上盛开的老鹳草
我还是比它们重那么一点点
这，已经很好
突然，仿佛失去引力
我觉得自己飘忽起来
真的，那两簇蓝紫色的花
拥有自然的最高法术

　　张映姝，文学硕士，编审。2010年开始诗歌创作，已在《诗刊》《诗江南》《扬子江诗刊》《诗建设》《中西诗歌》《中国诗歌》《星星》《中华文学选刊》等刊物发表诗歌多首，并入选《中国大诗歌2011年卷》《2013中国年度诗歌》《2016中国年度好诗300首》《中国年度优秀诗歌2016年卷》《2017中国年度诗歌精选》等多种选本。2015年出版诗集《沙漏》。现供职于《西部》杂志社。

# 很多的种子，到处飞（组诗）

■ 琳子

## 吃　花

吃花的时候，别说话，别想生死
和轮回。吃花的时候要把舌尖
对着太阳，对着太阳灌注的蓝和绿
和粉红，和青紫
然后，随阳光一起变暖，变嫩，变鲜艳
吃花的时候要仰面
花树正哗啦啦抖动它星星一样的斗篷，它们落下来
它们入口即化你也随之融化
这一刻允许世界静止，万物透明

## 三　月

让我叫你亲爱的
我一边失去你，一边收获你
你是三月的桃，一边红，一边绿
可我在失去你
你是三月的粉红，三月的鹅黄
三月的青蓝，你就长在我的心上
让我叫你亲爱的
宝贝！你金子一样的头顶
开满花朵
你日出一样永恒，你雨水一样永恒
我一边采摘你，一边栽种你
我把我所有的春光，陪嫁

我不能失去你因为你已被我孕育在怀
我已经和你重叠
我开始四面八方流淌


# 五　月

开满花朵的四月过去
开满花朵的五月来临

不是你爱她们
是她们爱你

不是你爱太阳和河流
是太阳和河流爱你。它们不分昼夜打开你
又缝合你

不是你在深呼吸
是一头升高的兽，把五月的光明，打碎
变成植物和动物
不是很多的花瓣开放
是你自己用花瓣的数量和漩涡
在爱


# 惊蛰日

你必将原路返回
我春天的马儿

我在冬天把你放逐
那时候我满身冰雪。那时候
我对灰烬中的事情，保持了敬意的
沉默和觉醒

你带着我的春天，原路返回

我蓝色的马儿，我的血肉之躯
就是你的草原
现在，你从草原的荒芜处
开始吃草

我的绿，再次被你的马蹄
覆盖。我等待在你的脊背之上
我所有的草根
等待在太阳之下


## 鱼骨上岸

花朵盛开，鱼骨上岸
时间的胎记是一阵阵，紫红的风
太阳沿着轨迹行走
花朵沿着河流生根
很多死去的事物，从泥土深处
复活

从泥土深处复活的还有
雪花，屋顶和父亲母亲身下的矿山

我也复活
我带着我的婴儿
从一个骨盆跑进另一个，骨盆

## 立　夏

周六，立夏
疗伤的小院子长满白杨和藤蔓
运煤的小火车带着成吨的挖掘，从隧道出现
很多的小虫子在窗台留下古老的翅膀
和断足
我静坐在一把椅子上

吞咽唾液

夜晚谁在我的身体里杀死一个女婴
我抱着她的小尸体，就像抱着一个没有头颅的蚕茧
多么恐惧又多么喜悦
我回味一种死亡在被褥下，在很远的燕山脚下
走回我的身体
又被我一声断喝，掷打出去

是不是再补上一场大雨
把沙峪口的路面，再降低一些
把艺术馆的铁锈和玻璃，抬高到半山腰
很多的种子到处飞，到处飞


# 抬　高
——上苑艺术馆布展中

绳索，铁架，钉子可以抬高美
黑衣人可以抬高红

小鸟可以抬高树木
树木向着隐蔽的森林和山野，撞击

泥胎可以抬高瓷窑
一滴眼泪可以抬高整座太平洋

指甲和手腕可以挖出地心之铜
用杨絮柳絮覆盖
马上就是发芽。发芽发芽发芽
瓶子用瓶底和瓶颈，抬高它的蛇群

向日葵抬高了乳房
乳房抬高了所有的嘴唇

哦，你抬高了我

我正在出生。我头顶的圆
是一口光芒四射的井


## 这一年

这一年
我的骨头开始变形

疼痛和麻木让我警觉。手骨张开
满把的异象
我顺着颈椎和手臂又抓又捏
却找不到它

颈椎是一张稀薄的
底片，显性之后
我就成了一张黑白病例
磁共振在我的白天星斗一样冲撞
带来一间大白房子的
追责和捶打：哦
我即使一再低头也不是顺民

腰骨里长着一只刺猬
坐骨里塞满贝壳
啊！我是多么喜欢这一身的，动植物


琳子，原名张琳，河南滑县人，焦作市体校教师，河南文学院签约作家。2002年开始写诗，2011年开始自学钢笔画。出版诗文画集多部。2017年受邀为《解放军文艺》创作全年封面图案。诗集《响动》入围第三届徐志摩诗歌奖。诗画合集《花朵里开花》获评2016"中国最美的书"，童话绘本《草手镯》获河南省第六届文学艺术优秀成果奖，诗集《最美的太阳》获"小众书坊2017年度十大好书"推荐。北京上苑艺术馆2018年国际创作计划驻留艺术家。

## 时　间

夜里空荡荡的，只有时间在移动

我对抗着它
用失眠，和纷杂的想法
每次熟睡都是在预习死亡

流逝的已经流逝
就像溪水，带走沙砾

想攥紧一片落叶，和亲人的手
让时间绕道
就像溪水，绕过巨石

夜里空荡荡的，只有时间在移动
天就要亮了
每个黎明都有永生的假象

## 秘　境

我看见所有的枝条在摇动
城市的嘈杂
正被寂静鞭打

我听见花在祈祷

神在奔跑
芳香撞上了芳香

我时常会醒在一朵花里
紧挨着另一朵

我对她说着浮生
她对我说着永恒


## 缓慢一种

巨大的云团从山尖擦了过去
没有挪动一粒沙和一株草
天蓝得惊心动魄
草原上低头吃食的马群
神情安宁，似几团深棕色的云
风在寻觅所有能藏身之处
湖水，是不语的先知
能照出前世——
你曾在那儿生活的样子

在那里
时间被磨成极小的粉末
世界仿佛静止了。
直到鹰带来
又一道神谕


## 深　秋

万物间的隔阂越来越大
竹林在鹅卵石路旁颤动
我经过时，拉了拉大衣的领子

脚下的枯叶几乎没了声响

空枝头依然朝上
没有什么再需要生长

不久前的傍晚
远方的表哥去了远方
再也没回来

当时，夕阳停在地平线上
像一块路牌


## 芦苇荡

一个人坐在那儿
低着头，双手插进口袋
默不作声，任芦苇在他身旁摇断骨头
也无动于衷

他身后的湖水，走得比死神还要缓慢
他身后，有着另外的秩序
无关人世
无关痛苦和疾病

约一刻钟的时间
他起身，沿湖岸离开
背影比一支风中的芦苇还要倾斜
再走快点吧
不然，夕阳马上也会
重重地砸下来


## 湖边写意

站在湖边
我变成湖边的一块
最轻的石头

被水波推开，又拉近
飞鸟是天上的石头
被风扔向远处
又在远处接住

多么安静——
一只巨大的手掌
捂住了所有聒噪的唇舌
我的目光渐渐游离
像两条漏网之鱼
在逃走的路上
被夕阳这枚滚烫的石头
穿过树林
准确地击中


## 圣　诞

阳光打向我
影子瘫在雪地上
显得更黑了

风吹来，我抓牢自己的日子
风吹来，几片残叶和几只歇脚的鸟
被同时掀起来
落在了别处

它们平静，安宁的样子
是不是因为见过上帝？


## 生长一种

知了的叫声
把夏天分成两半
一半穿上了花裙子

一半缝补着旧裸子

老树的腰肢已弯
我看见风
稳稳地停在上面

我坐在窗边，像个逗号
欲言又止

而湖水像个句号
给予了一切合理的解释


## 雪　夜

雪花密集地砸向我
每朵都有子弹的重量

我迈着比雪还碎的步子
走在街边。大风穿透我时
被拉慢了速度

我把落满雪的三明治
和来不及流出就已结冰的眼泪
分小口咽下

那个午夜，在俄罗斯
覆盖了整座城市的雪
和医院的床单
一样惨白

今今，原名丁今。现任商丘师范学院音乐学院钢琴教师。作品散见于《诗刊》《星星》《汉诗》《读者》等书刊及各种选本。出版合集《十二女子诗坊》，个人诗集《琴弦》。曾获首届徐志摩微诗歌奖。

# 镜　中 （组诗）

■ 赵妮妮

## 电影院

与一场旅行相比
脚下可以铺满更多的花草
与重启一次人生相比
无论黑白，都终有定论

由光影制造的阴谋
可以放心地掏出眼泪和心脏——
无法涌出管道的热血
可以来一次虚拟的奔腾
如果用黑掩饰伤口
好吧，请让我们爱上伤心的结局

当演员表爬上银幕
我在其中慢慢找到自己的名字
当灯光突然转暗
我穿过尘世，再次目送自己

## 良　宵

我喜欢这样的良宵，乌云正在
赶来的路上，或者刚刚离开
庸碌的日常，却夜夜铺陈着昂贵的黑色
斟满酒杯，让明月沉入杯底
我的目光逃开生活的刺，无限娇软

你在低吟里盛开千朵寒梅

古老帝国的钟声咬住风声
多么好——安闲的野草失去了思想
多么美——湖水闪烁着碎银的光
我们的皮囊小心包裹逆生的骨头
你频频举杯——用天空射来的光束
收割大地的荆棘

良宵可以拿来痛饮
你却心疼我正投靠巨大的孤独
亲爱的，沉溺吧
我们可以与生活和解
我们也可以与人类为敌，然后
我们的目光
才会举到星辰爆裂的地方

## 吻

一种覆盖。构建一道完整的虹桥
像浪尖上摇摇欲坠的云
呼吸叠加呼吸
让温暖忘记了刻度

还有谁能开启这岁月积攒的醇香？
舌头，柔软的游鱼
探寻古老的往事中不朽的秘密

我听见了，在血液奔涌的深处
干净的小兽在疾驰
这个传递火种的天使！

宇宙收身，化作一颗恒星的舞蹈
时钟录下的软语，归属良缘
抑或邪恶？

回到世界初始
日光照耀蛮荒的温柔，那吹动旌旗的
是哪一缕永恒的风声？


## 隧　道

狭长的黑暗，一场没有尽头的梦
前面似乎隐隐有光

没有回头的路
就像没有可以逆转的时光

盛开在石榴裙里的女神们
不曾触摸沙砾和泥土

他生长在尘埃里的，谦恭的、泥土一样的微笑
像一个透明的诱饵，一丝窃喜一丝狡黠

没有花朵。不舒展
就不会暴露粗劣的质地

粗暴的牵手，制造着疼痛和阴郁
目光生茧。其他，都是徒劳

平静的黑暗，在蔓延
黑暗是一个人的。但前方，隐隐有光


## 味　道

香水般浓艳的岁月远去了
那些浮夸的玫瑰香气
或者招摇的幽兰、百合香气
在我宽大棉布裙子里
只荡漾了，类似那次深深惊到我的

你衣衫上淡淡的洗衣液清香

走在时光交错的旧街
身边路过的婴儿和少女是我
皱褶折叠成的老人也是我
风扯下几片海棠花瓣丢在时光里
我却庆幸
我和日光或月光，彼此都那么熟悉

## 镜　中

我走过来的时候，正好与她相遇
我离开的时候，她也消失

眉间深壑，被我的锁锁住了吗？
她为泥泞的人间铺了一层粉底

请自备盔甲、良药
举起慈与宽恕，或另一张面孔

出来吧
替我去安抚这尘世一千次

## 松

风声总是摇曳在
老屋的窗棂上
月光下的灰鹤频频回头
抱紧的松针，如低语奶奶的故事
堆满群星和大地的秘密

我不知道某年悄悄死去的那棵松
是什么逼得它万箭齐发
连同天空一起扯下

只剩一副枯骨
在崖头站如铁的背影

我更不知道，步入中年的自己
眼底杂质越积越厚
眼神空虚，手脚
困于生活的镣铐
而我小小的愤懑
已不及一根松针的锋利

时间的漩涡里
尘世的万物正在抽离
除了空洞的遥望
再也找不到止痛的良药

赵妮妮，女，河北宽城人。诗文见于《光明日报》《承德日报》等。

# 那仁牧场 (组诗)

如风

## 那拉提巴音赛的夜晚

伊犁河谷。大雪初停。
洁白的大地是一朵硕大的雪莲花，
莲花之上，是谁，跳着欢快的黑走马？
是谁，弹唱起忧伤的故乡谣？

滚烫的奶茶呈上，是谁
捂紧内心的风雪
在毡房的人群中打坐？

那拉提巴音赛的夜晚啊
童话披着雪
星星凝着霜
我们用心中的灯盏，驱散
人间的黑暗

## 在远方，遥望着远方

一场不温不火的秋雨过后
秋天，就被早黄的白桦树高高地举在枝头

赛尔山深处的牧场一夜之间就变得消瘦起来
大地，写满了辽阔的忧伤

一只雄鹰俯下身打量这渐渐荒芜的人间

忽地落在一根发白的拴马桩上，望了望远方
又振翅飞人云端

一间被转场牧人遗落的夏窝子
在远方，孤独地望着远方

## 白

雪，月光，未来
这让人欢喜的，是白

发丝里的银，老时光，回忆
这些让我在黑暗中醒着的，是白

新铺开的信笺，以及
在笔端流浪的浮云和羊群，还是白

在你到来之前
半生，都是空白

## 白　露

如果我还爱着这苍茫人世
对于即将消逝的
就无法做到轻描淡写

白露之后，一夜比一夜寒凉
草尖上的露珠承受不起这个夏天的轻
但是，不要告诉我：乱世如危崖
誓言与谎言只有一步之遥

大风起兮
有人在阡陌间写下——
蒹葭苍苍，白露为霜

## 我想给你一个远方

女儿，日已迟暮，大地苍茫
我想给你一个远方

可是，这人间，并不完美
你得接受灰色的天空，接受黑色的雪
还得小心翼翼地避开荨麻草的刺伤
山里的天气，说变就变
妈妈那把伞，早已残缺

牵着你在异乡翻山越岭
这样的日子，已持续多年
女儿，我给不了你的，还有很多
不止一次，春天播了种
在秋天却两手空空

女儿，我多想给你一个远方
天黑的时候，我要为你点燃篝火
星星出来的时候，你要明亮

## 烂　漫

母亲，想起你的一生，涪江南岸的油菜花就开了
天空依旧阴沉，大片大片的黄在低处铺陈
我不能说出明媚也不能说出烂漫，是因为
这样的词语在你苦难的一生无处安放

母亲，我早已离开那个被我叫作故乡的下野地
离开你早年奔赴边疆的落脚地。那一年，我十八岁。
这么多年，我依旧在北方，依旧等着一年一年的大雪
母亲，这么多年，你的女儿还是那么乖巧
习惯沉默，习惯在冬天咬紧牙关抵御严寒
也习惯了，每年的年三十，深一脚浅一脚地
去您和父亲的坟头坐坐。

我们在一起，就像小时候过年那样

母亲，你看，这场雪，正从那年的冬天赶来
我仰起头，看见的烂漫
正从眼角一滴一滴落下


## 那仁牧场

我无法说出玉什填提克山巅一朵云的来历
也无法指明山下一条河流的去向
这人间的秘密，我所知道的
并不比山谷里的野花多

在那仁牧场
图瓦人和哈萨克族牧民都是兄弟
我和橘色金莲花互为姐妹
辽阔草原在等待一次从哈巴河出发的盛大转场
挂满经幡的敖包，在雨中
等待你从远方打马赶来


## 写在一场雪到来之前

你说，下场雪，我们在山里见。
下场雪，山里会是什么样呢？
除了白，还是白吧。
山坡是白的，草场是白的，牧道是白的。
太阳，也是白的。

哦，会在哪座山下哪条大雪覆盖的河谷相见呢？
我张开想象的翅膀，为即将的出发探路。
我开始关注天气预报，关注一场雪到来前的一切征兆。
我从不问询你山里下雪了吗从不问启程的日期
我只关心奎屯的天空，我只关心
我的雪何时飘落。

是的，当我的世界迎来一场铺天盖地的雪
我就有足够的理由
揣着小小的甜蜜朝着你的方向出发。

除了白。除了白——
那煮着风干肉的炉膛，是红的吧
几杯伊力特喝下去，你的脸庞是红的吧
正在喝着滚烫的奶茶的我的嘴唇，是红红的吧
当然，我还要围上一条暗红色的围巾。
是的，暗红，就像我们
悄悄在雪山深处点燃的火焰。


## 如果一切都是虚拟的

早晨的这场雨，是虚拟的
路上凌乱的落叶，是虚拟的
秋天，是虚拟的

那些燃烧，是虚拟的
灰烬，是虚拟的

老树桩上两只还乡的麻雀是虚拟的
这人间，也是

如风，原名曾丽萍。1986年开始发表作品，作品散见于《诗刊》《星星》《诗选刊》《诗潮》《文学港》《雨花》《飞天》《安徽文学》《四川文学》《延河》《西部》《西北军事文学》《绿风》等多种刊物。作品入选多种选本。曾获"伊力特"杯全国诗歌大奖赛二等奖、"伊帕尔汗"杯全国诗歌大奖赛三等奖。系新疆奎屯市作协副主席兼秘书长、兵团第七师作协副主席。

# 光针也从不回到太阳的暗箱（组诗）

■ 杨碧薇

## 山地草原

那首诗即将饱和了，总还有一孔涌不出；
那首诗永远触碰不到，只能无限趋近。
在它浆果色的核心里，
马背的线条，拉动着地平线的节律；
在它难以丈量的边际，
光分解为最小粒的珍珠，
用稳而亲切的力，在狗尾巴草尖上停驻。
我想说的还不只这些，
还有山地草原向天空捞来的斜片，
坐在斜片上，
缀满蒺藜的心，被暮色照射出
翡翠般的净化与甘饴。
我还可以继续这样说下去，
一切皆可形容，但草原无法复制，
就像那首诗，它保留的部分，
正是我们自身，
没有入口只有回声的陌生禁区。

## 在科尔沁蒙古包醒来

可能并没有醒来，不过是
深入了另一重梦境
我推开红木门，踏上被草丛包围的小径
狗尾草将晨曦剪成一条条倾斜的绿枝

蒙古包敞开娴雅的爱意，为大地哺充初乳
我走到哪儿，光就跟到哪儿
这陌生的新生令我恍惚
就在刚才，我还不确定
坚果裂缝处的第一缕清香
能在微风中站立多久
人总是要独自行路才会发现
与自己厮守得最长的，不过是自己
与自己疏离得最久的
也只会是自己
人们都有类似的烦恼
抵达快乐的路径才是各个不一
这时，我找到了一根半旧的水管
我梳洗，让沁凉的水溅到
裸露的脚趾上
仿佛这样就能开始另一种生活

## 通辽怪柳林

柳枝回到树顶，
忧郁的羊回到粉水晶。
我回到葡萄籽里，寻找更新自己的酒，
我称它为宝血。

何其艰难！
能够回返的，只是世界微小的末梢；
更多的事物去了，就不预设回。
你看，我们的旅程从不反复，
你的丝巾被风吹起的形状，每一秒都不同。
还有柳林里这匹我追不上的
生气的小马——
它甚至都不愿稍加停顿，
让我将百合的清露，献给它银灰色的眼睫。

光针也从不回到太阳的暗箱，

也没有人关心，
它们最后去了哪里。


## 蔷　薇

那时，她还没有立志做一名古都潮女，
戴 CHANEL 墨镜，蹬小羊皮猫跟鞋，
所到之处尽镀 YSL 黑鸦片香。
那时，土地只会素面朝天，
花是花，刺是刺，香是自己的香。
她一出生，就与万物是好邻居，
向它们学习与风缱绻，
分享暮色中微粉的眩晕。
那时她以为时间，会对初夏的浆果网开一面；
而黄金海岸，一步步走，总会在眼前。

现在，江山平添浩荡，
远方，也不甘示弱地浮现出
潜能里的浑浊，
唯有宇宙，依旧在唱疏离的歌。
她呢，正把滴着浓艳的怒放投注到
已崩解为负值的沉默里。
呵，该换新旗袍啦，又是一年无用之春。


## 如果再见你

我会把衣柜重新翻一遍，穿上那条
亚麻蓝的旧裙子
涂当季的哑光口红，让气色看上去好一点

我带着荒木经惟摄影集
喝柠檬水。我入座时，先落俗地谈谈天气

我看着你笑

抱怨一下这时代高速飞旋的人和马
再看着你，笑

你可能想听我讲讲诗歌，可这有什么好讲
不如一起回忆老西街的电影院
或者，我张开口，把绿皮火车一节节吐出来
嘻，你看我手机上的照片
那时我带着一枚空信封上路，在一座山上
望着对面的远山抽烟

我也许会聊起
曾热头热脑爱上的人，聊我花了几个夏天
才消化的伤害
我用十分钟的时间听你的情史，我低头搅着咖啡
说那些都是祝福

我甚至会抖出黑天鹅般的痛
但我不在你面前流泪
多年后你想起我，还是窗边
光洁的脸
很快，落雨了，我们在街角告别
两排水花在车轮下生长
我目送你的格子伞变成人海中翩跹的花，它绽开的一刹
恰好遮住黄昏无限事

## 山　坡

暮光浮在红蜻蜓
散漫的飞翔上，
光的重量和蜻蜓的翅膀近于无。
整个世界青山辽阔，毫无道理。
我看得出神，没注意母亲的唱词
拐了几道弯。

我们身旁，胭脂花沸腾的紫红色，

把泥土的手心滚得又香又痒。
风正在降温，
远方，还在向梯田派送伞兵。
母亲说：天快黑了，该回家了，
我便跟着她往家走。
她的大裙摆沿着小路飘啊飘。
二十年了，
今天的风使劲儿凉，夜空也再不见星星，
我终于一点点忆起她裙摆舞动的弧度，
那么朴素，那么洁白。


## 三峡小魔女

最是游云般的偶遇，
最使人深感：在岁月幽闭的苔层里，
竟有那么多秘密的光束。
尚未见其人，
她的笑声已驾着小马车，
钻过镂空的窗格，
拍打着满室花香，摇动起欢快的铃铛。
当我抬头时，她裹着酒香的红绫衣，
正放出明媚的闪电。

红闪电劈亮之处，我终于看到了真正的三峡。
这史诗的三峡，
江水在活着，青山在活着，
永远活着的，还有她透心亮的魔法。

群芳
056

杨碧薇，云南昭通人。诗人，作家。在《南方周末》开设艺术专栏《在路上》。著有诗集《诗摇滚》《坐在对面的爱情》，散文集《华服》。现居北京。

# 从最低矮的地方起身（组诗）

## 画竹叶

这些锋芒毕露的叶子
它们终于从墨汁里切到了宣纸上
打开了自己的锋芒

一枚一枚，像刀片
切开旧事前尘
切除着我的不喜欢

我切到了自己的手指
……
切到了自己的胳膊
……
突然，我捂住了自己疼起来的心脏

## 是否有一阵风

风过长江，山河渐渐冰凉
在黑暗里飞
一朵云和一万朵云有什么区别
一种谬误和一千种谬误有什么区别

我在空中练习飞翔
却听见江水一直呜咽
总有那么一个人

群
芳
057

为旧年的涛声流下泪来
总有那么一次，将他乡认作故乡

山峦那么近，那么远
看不见草尖上的花朵
只有一只大鸟在低低地轰鸣
心中刮过大风的人
可以吞下最鲜美的谎言
也可以原谅这世上所有的不堪
这个夜晚，如果我奔跑起来
是否有一阵风
带我追上这一个季节的新绿
是否有一双手，替我抓住
超越肉身的灵魂


## 举着一棵芹菜回家

从公园晨练回家
途中便利店买了一棵芹菜
她通身碧绿，茎秆儿粗壮通透，叶片宽大
让我在盛夏看到了一片阴凉

我把她整株举过头顶
当成一棵移动的树
陪着我，走过喧闹却空旷的马路
走过尘世，虚虚实实的片段

她在我的额头挥舞着叶片
拍打着少心没肺的歌谣
我知道她也是个病体
过于宽大的茎秆
我却说不出她中的毒

我就这样举着一棵芹菜回家
举着她过于宽大的叶片和茎秆做成的阴凉

和这阴凉带给我的片刻欢愉
走在回家的路上


## 我请观音去客厅

我再也不敢请观音落座我的书桌
我经历了人生中一连串的不堪

她看到了一夜之间
我所有的辛苦付诸东流

她看到了我的无助、无奈
看到了我像蚂蚁一样在酷暑中
在火烫锅沿上的挣扎、折磨和痛苦

她只能安静地端坐着
不能说一句话，不能有一个表示

她一定比我还难受

因为她对这个世界
比我爱得要深厚

## 从最低矮的地方起身

弯下腰，目光恰好切过大丛的剑兰
那些美丽的金黄
瞬间淹没刚刚打开笑容的这一朵

此时，万籁俱寂
只有夏日微风穿过
它们轻微声响都不曾发出

尝试从大地上起身

羡慕一棵树的根在地下深藏的部分
腾腾地供出热。叶片张开

从低矮处起身，用心感受
一棵树的温暖和慈爱。
一片叶子骄傲的理由。

抑或，一只鸟在天空的自由
这是多么奢侈的事情


## 一朵轻云起身离开

在田埂上，我看到了一对蝴蝶
落在闪亮的锄头上
麦穗子在扬花，灌浆

童年的眼神多么清澈！
一切如刚打开的童话
有的直接长进了身体

我疏于分拣和弃绝，折叠积压
占满了所有的书架和抽屉
身体细胞也越来越重
岁暮将至，杂物需要清理
意外的是，有的珍藏也成了无用之物

感觉轻松的刹那
看到了一朵轻云起身离开


## 雨　后

老天用了一夜一天的雨水
把整个世界洗净了
满眼葱茏的绿

新生的嫩叶顶出来
把树梢又延长了几公分
好奇地打量这个世界

雨后的空中，素净无尘
新生的叶片在风中摇动
因为小，它很轻；
因为单薄，它很静

它似有似无的摇动
不带任何色彩
没有一丝声息

但是，我们都知道，
这世界还活着

　　立杰，河北作协会员。汉语言、广告策划与制作双专业。出
版诗集《一个人的仙境》。诗文字散见《扬子江》《诗潮》《诗林》《星
星诗刊》《诗刊》《诗选刊》《天津诗人》《中文自修》等刊物。
作品入选《星星诗刊》《诗探索》《北方》等刊年选，多次入选《诗
选刊》年代大展、女诗人专刊等。文字收录《河北青年诗典》《河
北诗选》（1978-2011）、《河北诗歌地理》等选本。

# 与季节书（组诗）

■蓝星儿

## 与春天书

不是所有的表达，都在雪落之时
比如，我说咖啡不加糖
你的笑仿佛又回到眼前，绕过杯沿
迎向我，再瞬间散开

你只能沉默，我知道
只能用每一个背影，或转身牵紧我
可以倒退多好，回到原初
时间也是，该有多好

灵魂里的光，陈述着鲜红和炽烈
露珠才刚刚发芽
蓝，便打开一片辽阔
而此时，你的声音即能叫醒一个黎明

不过是梦境，与昨天
只隔一层眼皮。什么在低低地唤
玫瑰的香，还没有迈过门槛
只一眼，今生就烙下前世的回眸

你的清茶，血脉里的云朵
所有的黑都代表同一种明亮，滔滔不绝
就像遇见一场大雨，无非是
我们刚好卸下头顶的乌云

## 立春到

负一份契约。让寒风
最后一次翻供找回大地的本色
残雪啜泣，山顶一点点变黑

采药的人，登高，俯身，刨开泥土
他脚步很轻，一小团雾气
跟随他沿山脊一路远去

柴门一旁，镰刀等待着什么
它身披的冷风，吹着腊梅树下
一个老人心中抱紧的焰火

说来就来了。鸟鸣一半还陷在云朵
一半已从琴谱起身。山微微摇荡
马匹开始奔跑，就是一片旷野奔跑
而小草苏醒，就是大地开始苏醒

吹拂悄无声息。就像
你看见的静止，和看不见的缓慢
都在向春天靠拢，它们一阵风
挨紧一阵风，一阵风推动一阵风

## 现实主义的秋天

大地的棺椁，有现实主义的模样
其中复活的新死的，都是有福的人
他们衣衫艳丽，表情迥异
脊背上的青龙，如同狂野的豹子
从身体里一跃而起

旷野之中，浮动着先人的头颅
几千年的耕读者，都以圣贤自诩
他们口含诗文，咿咿呀呀

宽袍大袖，徒劳地卷曲。而眼中
俯卧的傲骨，可与月色比静谧
与流水比柔情。那些沉默的事物
在解缚的风中，有飞鸟的姿势
它们滚烫的尾音沉入秋色

黑与白对接，明与暗更替
就像一场救赎或者战争。当
泥土中再次埋下新死的人，他们的
信仰和潮湿的灵魂，升入云朵
秋风阵阵，吹醒幻梦，那一刻
他内心的轰响，就像四野上
纷至沓来的马蹄，充满浩大的回声

## 风　声

迈出灯烛的更夫，竹梆子一敲
就敲醒一场梦。翻过几道坎儿
嘴里的词儿便添了皱纹

冬月开始融化。听啊
拖长的尾音在忍不住打滑
是哪家的闺女从屏风后冒了头
她躲她藏，她痴痴一笑
戏曲儿里的软语便暗解香囊
再哆上一眼，这天就蓝得明晃晃

漫山遍野啊这是，掩住目光
她们嗡嗡唱，捂住耳朵
便翻开一面山冈。池塘，岸边
或静或动，眨眼工夫
便成了绿莹莹的小娇娘

俏啊，一群不着调的妖
她们两手叉腰，提着春风

那铺天盖地的阵势，就好像
要把尘世所有的苍凉全部扫尽

## 秋夜的深度

风吹我，吹梦里又吹梦外
吹我压弯的身子，荒凉的
大脑，以及锁骨里锈蚀的铁丝

秋的夜，暗紫，幽深
它的眼里，含着那些孤独的
楼顶，和忧患的人间

我羡慕的景致已经远去，我
逃离的江湖，患得患失
当墓地吞下黄昏和一个喧嚣的尘世
指缝间的烟火，饱含真实的冷酷和虚荣

月色之中，浮现出众神的目光
星辰翻开池塘，被埋葬的爱情和岁月
一片神秘和空旷。而摇动的影子
呈现着新生的模样。当远处
牛群沿山脊蜿蜒而来，那浩大的
寂静，正用它无形的脚步
追赶着渐渐老去的时光

## 秋风的距离

这是无法拒绝的拥抱
哪怕隔着河流，或者山脉

秋已萌芽，枝丫上
披挂的蝴蝶，准备拿出最炫耀的姿态
扑簌簌一片，放眼望去

如同盛大的典礼

就像高冈之上，晚霞正是被收割的部分
美啊，即使越陷越深
只有当秋风收回这世间的荣辱
此情，此景
才是它所要表述的底色


## 画　　面

秋野中，时光布置了一切的结局
皮囊垮掉，薄命晃动
阴影四散如落叶，仿佛内心
藏着饥饿的小兽，它们无声
但四处漫延、汹涌

风吹着森林，也吹着我
身后广大的土地，在风声里
竹林的身影被撕得粉碎

风带走无奈，也带来孤独
顷刻之间，仿佛吹空了整个尘世

而我的视觉里，一片蓝
正悄悄合起手掌，沿地平线
收走光影中最后一抹橘色


蓝星儿，中国诗歌学会会员，作品散见《星星》《绿风》《诗选刊》《诗歌月刊》《西南军事文学》《中国铁路文艺》等刊物。有作品入选《2017年中国诗歌精选》（中国作协创研究部）等多种年度诗歌选本。

# 另一种海拔 (组诗)

## 藏地悲歌

雪域高原的每一个生命
都称得上是另一种意义上的海拔
深谷将广阔牧场切开。纵横交错的道路
血管在寒风中断流
草甸子是埋在血管中的春天
一顶游牧帐篷,坐在风的长尾巴上
独自编织鸟鸣

布达拉宫被深邃目光勾勒
风欲揭起高处的瓦楞
高原铺开辽阔的纸张,不等谁来着笔
匍匐的人从黑夜返回
仿佛典藏的草稿
我从久远的物质年代来,未及站稳
已被抽象
天蓝得具体可感
我的孤独与忧伤具体可感

## 远

火车路过甘肃,我看到很多榆树
十多年了
想起母亲做的榆叶粥,仿佛叶片还抿在唇间
我与北方,榆钱到榆树那么远

绿到枯黄那么近
雨水夹杂在中间，有时淅沥，有时纷纷
像我对一棵老榆树的感情

# 影 子

太阳向西偏移
我悄悄经过自己
经书、石头、湖水、光阴慢慢老去
我不断纠正时光
落向我内心的偏锋
影子又拉长一截
水的缝隙是水
谁在那里疗伤，像一尾鱼或者火焰

这些散落的诗句，像热爱一样枯萎
影子活在我身后，还没有被风带走

# 冬天的芦苇

曾经如此眷恋这个时代
铺天盖地的白符合我内心的茫茫
那白不多不少
正好将我腾空

起风的时候，似乎有什么在上方
要取走它的思想
掠过的身影柔软而敏捷
像夕阳准确落入一杆长笛的描述

流水的捕快被风声带起的波纹
乱了分寸。雪覆盖过一场暴动
芦花走失。一段剪辑掉的镜像
它怀抱的宗教有薄凉的命运

一根和一根如此相似
我不知道哪一个更接近人类本身
有时候它们集体倒伏
这让你感到时间的具体与仓促


## 匍 匐

经筒，需要一步一叩转上布达拉宫
躲在酥油灯豆大的命也一样
我摸过拉萨河的石头
摸过倒淌河的石头
飘动的经幡在天空下
摸过我的头顶

灌顶的点化，让我在人间最高的纬度，一点点
降下内心的海拔
匍匐，匍匐
我为自己特殊的仪式揭幕

## 站在最高处

我已站在最高处
看四周的古建筑，拉萨河
呼吸纯净的阳光
伸手截取一朵云。绕在脖颈
丝绸般的躯体和蓝天
一起倒影在清澈的拉萨河
像一个不会做梦的孩子
睡在一片蓝里
请别叫醒我。月亮在左边
右边安放诗集
我怀揣着孤独来到
来年的春风里。和你们一起
像朵花，被佛看见

## 从西藏回来

从西藏回来，我并没能带来什么
珠峰的雪、拉萨的雨、那曲的格桑花
在纳木错大声呼唤后
我的世界从此安静下来
偶尔有人问起这些
我羞于谈起一路的跋山涉水
只是忆起在海拔的哪一个高度上缺氧
然后做出标记
把灵魂刻在那里


## 失　语

那只蜗牛没能到达西藏
不能和我一起
目睹西藏解放 60 周年的欢庆场面
它死于轮胎
没有亲人在场，也没有谁为它超度
我看到它的时候
它的房子已经碎裂，虽然
触角还是好好地伸着
像原来那样伸着


## 拐　杖

下第二场雪时
母亲拄着它到村边
找小花猫
我应该记住那天的雪人
而不是雪
我应该记住雪地上的梅花
而不是猫
我应该记住那条拐杖

而不是树木
它光滑，结实
脱离了绿色
却充满温暖和警示


## 恭　顺

今天的叶子依旧绿
还有一些花
温度再降一点它也要开
蜜蜂用复眼预料了葵花的头颅
夏季开掘坟墓
春天是插在上面日复一日的柳枝
我的母亲
和父亲躺在一起
她走那天，一家亲戚结婚
另一家添丁
我在一棵大树下弯腰
接受了生活的面具和荫蔽

冷眉语，《左诗》主编，出版诗集《季节的秘密》《对峙》，
江苏省作家协会会员，野马渡雅集成员。

# 一年花事（组诗）

▌苏唐果

## 一月：水仙花

她已移居僻静
花草间遍布目光

没有翩翩的衣袂
只在渐白的素衣下
跌落月光，鲤鱼，日子琐碎的稻花

是时候着迷于倒影了
水面如果够平静
鹅黄的花心，一枚也不少

## 二月：雨天的腊梅

香气是她悠长的舞蹈
飞天长袖
停在了忽然湿漉漉的剧场

一场雨能收拾她
过于幽远的恋情？
一颗雨珠
摇摇欲坠于水晶鞋之梦
她的远方，是
金色大厅
还是那一辆南瓜马车？

## 三月：桃花折

桃花，谁家酒钱？
沿着小桥流水
灼灼其华的，还有花下那一个唐朝的卧姿

一大片桃花
是不让人在原地踏步的
或者飘飞，或者堕落
一大片桃色的空气
不养育麻木
忽然间，你成了柔软的顺民
或者就叛逆，梦游
"去年今日此门中"

凉凉的风吹过来，吹过去
一朵一朵，降落的女孩儿都叫簌簌
花荫下，
酒罐抱着自己最优美的模样，斜倚
在山坡

## 四月：樱花下

想把一年的心动都埋在这里
风吹来，樱花片片飘落

我盘腿，坐在樱花树下
抬头间，一念又浮上心头
四月的阳光照我
替我披上空荡的春衫

一个男人，默默地，温暖地
坐在树影下
他的孩子，用白胖的手，指着不落的花

寂静的欢喜，已成规模
要死就死在这里
春天的坟墓，才有落花犹温的心


## 五月：桐花记

后来，路灯的昏黄有所明亮
时间一久，连视线都帮着撒谎

一棵桐花树在街角
脚下的落花
空中的告别
和树间繁花
忽然也让人似有所悟

没有一种生活是不被交织的
一开始，我们也披紫衣
万里路，语不息

## 六月：她说一场紫罗兰的往事

在湖边，紫罗兰顶着它的十字架
开得无声而热烈
我们都有娴静的美德被虚构，被占有
而地下，发达的根系天真而狂野
以缠绵，以虬曲……只有我疼惜它背负的十字架
而不仅仅视为十字花科吗？只有我
为她愤怒之下，昨晚抛向湖底的祖母绿戒指
腾出一场花事的枯萎

她说生活得太久
自己也成了一块湖。封闭就是它的界限
死水仿佛余生。在湖边，渐渐地
点头比摇头多，渐渐地

被暮色倒映，被和成了稀泥
分不清祖母和母亲，还是她和我


## 七月：一朵白荷

桥下，一朵白荷颤抖着
多像白娘子素贞
向最爱的人
努力递一朵水上灵芝

尘世的解药在此
多少人的目光
为之一亮


## 八月：我在向日葵花丛中低头

天空瓦蓝得让人
想做一只猫，上房揭瓦。
一路向北
在八月最真挚的画面中
一大片金黄色的酒杯高举着向天

我在向日葵花丛中低头
深深地　悄悄地

我已就座辉煌的宫殿中央
那把动荡的交椅
江山和美人，皆在我的屏息下


## 九月：想念她像想念香水的火车

想念她，像想念香水的火车
一节一节无止境

此消彼长的样子

想念她清新的额头
琥珀的小耳
风吹来坏消息时
她簌簌叹气的样子

月光下她眺望枝头的样子
想念一种深深的呼吸，上了瘾：

桂花开了
开在金色的乡愁里

## 十月：再见野菊花

傍晚如天边夕照
轻盈，发着光
美，使人想打一个电话
你爱的野菊花，在阳台上
伸长金黄的耳朵

一切喜爱的都长着把柄
突出着，像花的花托，恨的秉持
你知道的南山不见了
菊花，祭奠着我们不同的部分

没有人沿着余晖的田埂归来
再见野菊花
再见我的蜷曲
再见，我们各自打不败的镜中人

## 十一月：一群蒲公英飞来，像一场大雪

这是繁殖的婚礼

还是纷纷的告别？
站在异国的郊野
一群蒲公英飞来，像一场茫茫大雪

抬头看，太阳是旧识，是故乡的那一个
低头看，马路上
路标的箭头仍指着前方

地球是圆的，时间是圆的
沿着箭头一直走，一直走
看见了吗？在故乡的田埂边
有一个扎着麻花辫的小女孩
她轻轻举起一朵蒲公英
你轻轻地吹了一口气


## 十二月：吊兰开着小小的花

这个下午，阳光仍虚掩着天意
秋千架上又飞起白色裙裾

我想伸出手，又不敢
你的归来冰清，充满月亮的气息

咸风已远
往事微如米粒的盛开，如鲠在喉
花开了
花的香气是全部旧信
带着鸽哨的回音


苏唐果，生于 1974 年，江西省作家协会会员。有作品发表于《诗刊》《星星》《汉诗》《中国诗歌》《名作欣赏》《三峡文学》《鹿鸣》《意林》等书刊和年度选本。出版有诗集《无声的自觉》。

# 爱上人间的叙事与抒情（组诗）

谷粒

## 风吹过村庄

风吹过村庄　天空辽远
祥云在白塔沟的幽壑
垂怜着几乎喑哑的故园
有风吹
惊悚的烟囱小兽一般
烟火袅娜
大地与积雪慢慢苏醒
臻爱和永恒在苏醒中
放马过来

那广阔的神秘之原
牵扯着人间万物的暴动
白桦林抖着干净的光芒
群鸟便在林中鸣叫
越冬的苍耳
仿佛一群疯跑的少年
漫山遍野地泼洒热血
泼洒着沸腾的生命

借着神性的光和闪电
春风缓慢下来
我的思念像绿色的锦缎
慢慢地铺展
那些苜蓿啊
是那锦缎上的纹绣

一波又一波地
顺风而吹——


## 爱上人间的叙事和抒情

我要向这纯粹的人间
偿还日光、雨水、不倦的鸟鸣
和昆虫的动静
我要交出我的渊源
交出苦艾的美德
灰灰菜的朴素和认知
交出迷迭香
我就会飞身变成一只蝴蝶
倾倒满腔的虚荣
爱上小事物的优雅
爱上那一串一串浆果倒挂
的修养和醉心的饱满

当然　我还会爱上你
像山石一样挺拔的叙事和抒情
爱上你　这个当归的人


## 月光隆起　　我准备离开

月光隆起
万物升腾　　万物也在隐匿
升腾的是月色如水
是光与希冀　　是幻灭
是横空出世的洁白
是深渊一样的夜晚
而我　随着白杨树的影子
转移　像是一只隐匿的山雀
不识世事　或悲或喜
怀抱山月　而不懂春日

打着趔趄而面濡微雨
我亲吻着热恋的土地
而又不得不　准备离她而去


## 我喝下的琥珀和诗句

在九龙山
我要把月亮与松林区别出来
要把这人间的至白与夜色
忍痛隔开
于是　我向着最高的树冠
向着月夜的秘境　一路打探

野山杏　花期苦短
枸杞树　漏出光的宁静与柔软
月光辅佐起夜色　沉迷
我喝下这岁月种的琥珀和诗句
一度　忽略了风吹脊背
忽略了雾气笼罩　我的骨头松散
忽略了　爱人指过的远山
说"那里才是人间——"


## 我必须仰望星辰

我必须摒除杂念
必须以无骨之姿
去写一封情书
必须在这手无寸铁的时候
用楷体　隶书　或者瘦金体
写盛世和桃花

我必须仰望星辰
必须以练习瑜伽的虔诚
相信温度　相信

世外必有桃源
相信桃源之外还有一个
等我书信的你

我还要虚构一个清晨
一个鸢尾花漫山遍野的清晨
牧羊的英雄　玉树临风

我虚构他看懂我的眼神
读懂我诗句的湖泊
虚构　他弹过钢琴的手指
捻过我字里行间的风尘

虚构他　眼睛透明
心地良善　垂怜着远方
送信的人

## 香花槐

这么多年　我没有停止去爱
爱傍晚　余晖铺满来时的路口
爱雾气　打湿我肩上一缕发丝
爱单位门口的石狮子
爱豆腐女的木轮车
爱城子后　老城墙的斑驳肌体
也爱教堂前那一束寂寞的雏菊
而当面对一株高大的香花槐
我却把爱，从胸口取出来
重新梳理
重新幻想蝴蝶恋上花语的寓意
重新忍让　顺从
重新与一支倒悬的花蕊
互为紫色
互为简单
互为这人间的彻彻底底

# 逆 风

逆风而行　就要
学会小心翼翼
父亲说　要体会那种对峙
隐藏着丁香盛开的美丽
然而　这一次我辜负了你
我打翻墨汁　把它变成了
暴雨
变成了围剿孤单的
一列火车
在小城的街头
它无数次地鸣起汽笛
碾压我的躯体
像一只蚂蚁　遇上了泥石流
飓风和暴雨

谷粒，教师，"70后"，本名黄淑华，河北承德丰宁人，曾在《诗选刊》《河北作家》等刊物发表诗作，曾获承德市首届"热河文学奖"。

# 那些隐藏在断句里的孤独（组诗）
梦浅如烟

## 在篝火中吻我的人生

这个春天
我常常抗击胃痛，湿热，倒春寒
下五楼，爬七楼
在转角处撞疼，被生活算计

夜，吞尽黄昏最后一寸光影
暗角处，有人搬弄是非
聊残渣剩羹
"农村人进城多了，耗子也凑热闹"
房东说

炭火上的鱼
正冒着热气
我笑呵呵地，一口咽了下去

再用唾沫
软化其中的骨头

## 这一天

早晨起床，无阳光，无雨
天空阴冷
坐在院子里，像昨天洗净的衣服
就这么被风晾着

整整一上午

午餐是辣火锅
放进虾饺、肉丸子、牛肚、生鱼片
我习惯清淡
眼睁睁看着它们在同一个世界相互煎熬
我狠狠地干了一杯

黄昏尽了
风是一枚针，犁着行走
霜扑在草尖上
像她，一朵开在尘埃里的花

## 清　明

风刮了整整一夜
雨拍打过窗子，肆意而猛烈

一些花，极尽繁荣和枯萎
人间湿漉漉的，到处都是雨水

我不去挤，通往上山的路
今天，被众多的脚印各自占领

有人跪下，有人弯腰
有人在归途中，被风从中取走了肋骨

哥哥，我只想跟你说：
"尘世很深，轻易就能埋下一个人的魂"

## 在黑夜里掌灯的人

落日，是溺水的孩子
在地平线上挣扎

尘世里，我们抱紧桅杆往上爬

村庄，远山，来路，去路
轻轻念叨过的人
都渐渐隐退

在黄昏，在黑夜
我是被大地掌在手心里的人
被夜擦破，擦亮
擦成一盏烛火
高高挂起

故乡偎在灯下
像一块熔化了的铁

## 父　亲

他扛着落日下山
故意把墙角的铧犁弄出声响
那些草木、麦苗、泥土
都钻进他命里呼吸

身体，越来越瘦
御不住寒，就烧一壶酒
却治不好夜里的咳嗽

腊月十九，父亲生日
气温持续下滑，无雪，干冷

转过那道山梁
我看见父亲
像一株年迈的树

风卷着落叶，一直扑打
往下滑

# 老　屋

它残破的衣衫裹住黄昏
从里到外漏出雨
像垂暮的老人咳出名字
随时被黑夜吞没

蛛网极力张开
日子，从中筛出灰烬
蝼蚁在木屑里搬动一个人的姓氏
风轻轻一弹
尘一样落进泥土

案上的烛火，燃一截
老屋的身体就矮一寸
像藤条，死死地
搂住屋旁的几堆坟茔，种进去的人
清明时分，又被犁出
一垄新土

# 太子岩

原有陡峭的石阶
没有陡峭的心
一步步脚踏实地地攀登，才能到达天路
到达佛

荒凉只是一个词，繁华也是
寺门打开
就容纳了这世间浮生

崖壁上的草垂下来
铺成莲花、蒲团

妹妹，那木鱼和诵经声

日日安抚脚下流淌的嘉陵江水
以至于我八岁那年
从此处落水，也从此处游回人间


## 石　头

原野，携着一列火车奔跑
几间房舍摇摇欲坠
暮色落下来时
我必须扶住内心的空旷和寂寞
直到，站成村口的一位老人
一尊雕塑

日子，榨干体内的水分
荒草试图漫过头顶
风从骨骼里
抽出血

借一道闪电，我把自己狠狠地锤打
尘世里，落地生根

梦浅如烟，本名李志俊，四川省南充市南部县人。作品散见
于《世界汉语文学》《诗刊》《解放军文艺》《星星》《山东文学》
《四川文学》《安徽文学》等刊物，有诗歌入选多种选本和获奖。

# 行吟书 (组诗)

■ 吴素贞

## 曹山寺

菩萨端坐莲花台
鸟鸣、松风，曹洞宗的禅经一直属于它们
人间的供奉在菩萨的低眉处，左右青山
龙虎之势，适合庇护光阴的新芽
比如，这满身疮痍的老银杏
火烧，雷击，裂变
成佛的路，万物皆放下生死
而人是这里最密集的参悟者
寺院，每棵树都垂挂着愿望，当夜晚来临
龙虎便卸下身上的重峰
挑选最迫切的一个
它们呈给菩萨的时候
每次都大汗淋漓，只用它们的肉身

## 雷峰塔

我能看见波纹朝我靠近
像某个人平缓的呼吸
雷峰塔玲珑剔透，影子也是
画舫从水面的塔尖上游过
霓虹灯下，每个人
都是自己的主角，自拍，晒圈
而有谁在倒影里想起，烟柳柔软处
多少帝王家藏杀机，情薄如水

偏偏还有一颗心：水深火热
偌大的西湖是一面镜子
塔里的人孤照，内心的火一点点散去
我识得那火，湖水轻拍断桥
爱我的人
站在柳下，他眼里的塔装满悲情
分担了我孤独的认知
我们老远赶来，所膜拜的爱
被菩萨纠正后，就成了修行


## 欧公祠

古樟的巨伞下十分安静
门前的两头石狮，眼里的
绿苔更绿，它们又看过了草木一秋

几只鸟扑棱棱
青铜色的翅膀在人前隐现
祠堂里有一团雾气

诗里的欧公
与壁画上的欧公各自为美谈
游客的议论
是怎样度过诗意的一生
如何在他人的瞻仰里复活
再复活
像一把折扇
时间有时会让万物合拢
古心，风景
我。界限消失

鸟儿们在祠堂的裂缝处留下
远方的种子
昆虫的残骸，飞翔
我从春天来，也想留下什么

真安静
仿佛某种凝视
制约着所有语言的张力


## 秋意莫干山

修竹壁立，据说其中的一把名剑
就藏在其中；枫叶如火
据说此刻的颜色，就是
淬火之前的精英
我所见瀑布，它们倾泻入剑池
让我遇剑气。一个美好的故事
总有谜一样的结局，这样消失的时代
才能一次次被打成活结
就像鸟儿振翅
我听莫邪摇扇，干将铸剑的锤音
就像人群议论
我能穿越众词，吴王一声喝令
剑魂就困在一滴秋露里
像雾像雨……拾级而上
一切消失的人、事、时代
都以另一种方式显现
只是这莫干山太大了，以致
春秋的云遇见民国的重楼
依然互不相识；只是当我俯瞰
深壑的风突然刮起，数不清的瀑布飞流
此刻，剑气可以叫荡漾
重楼轻如一朵流云


## 云冈石窟

打造菩萨的手
回到白云里
它们在天上继续刻云

我在地面仰望山体
和石头一样多的菩萨

镇着的鬼魂
有些从它们断臂里
伸出舌头
有些从它们的残颌下
爬出半身
而那么多劈去脸的佛
里面的鬼魂挣扎
看着游人敬香，自拍
却怎么也长不出
一张菩萨的脸

佛如肉身，鬼魂如空
似乎佛也有
挣脱不了的命运
我在人群小心翼翼
不敢触碰每一处石头
无相的石头住着什么
时间的手，总是无形地抚摸

## 至诸暨

戊戌孟夏，瓢泼大雨
令花落，人眼迷
这越国之地，我还尚未
感知一条溪如何将一个女子
浣洗成美人，将一匹纱
书写成史诗
空气中凛冽的布局与杀伐
就扑面而来。复国打造的美人
深不可测，王在风雨中
压低头，眼里的闪电夜夜鞭打
一只金黄的虎

路上风起走沙，我去看浣纱石
车在溪边受惊
像美人的马，消隐前不断嘶鸣磨蹄
溪面的万物，倒影碎成繁文
仿佛一个好名声
拥有更多无法简化的审判
美人气息幽微。俯身
有谁会相信，我在流水里
竟捞出了一只逆水而奔的虎
他穷其一生，也没能越水成功


吴素贞，"80后"，江西金溪人，中国作家协会会员。组诗散见《诗刊》《十月》《草堂》《汉诗》《扬子江》《星星》《中国诗歌》《山花》等刊，曾获得"诗探索·临川之笔"全国诗歌征文大赛一等奖，作品多次入选各类年度诗歌选本。著有个人诗集《见蝴蝶》《未完的旅途》，英译本《吴素贞的诗》。

绽
放

BLOSSOMING
**POETRY APPRECIATION**

康承佳

路攸宁

许春蕾

朱万敏

张丹

在野

# 思念你最温暖的方式 (组诗)

■ 康承佳

## 深秋了啊，陌生人

一场雨挥鞭南下深入骨髓
在南方集结兵变，寒冷，在这一刻
变得尤为真切，深秋了啊，陌生人，你是否
依旧可以只身抵抗阳光与信仰的缺席

想起你时，时间又一次趋同，贴近一种熟悉
像一场雨的危险和迫切，从
数千年前的商周时代开始，就远赴万里
我们，只是其中的片刻而已

（在雨里，所有人都瞬间老去，最真实
最柔软的伤心不过如此）

风声在湖面收紧，陌生人，秋天无情
万物有心，夜来又是雨水，愿你此时念旧
此时深爱，愿你此时依旧是
一个纯良坚强的人

## 凹　凸

不知道什么时候，我开始变得恋旧
一种感官上的迟钝，微薄而轻盈
这时候，曾经的人，曾经的物，依次赶来
回忆总是让我感动，也是这时候

故乡，最是无情

看屋子外面的小雏菊开得蛮好
精致，细碎，明亮，在雨里互相深爱
似乎，所有美好的事物都应该像雏菊一样
是慢慢走向生动和成熟
包括阳光、雨水、葡萄酒，以及我们

我耗费了整整一个下午，读书，听课，想你
也偶尔悲伤，或许
活着，我们无法自证，这些时候
便需要无根由的孤独和凹凸的伤心

你看啊，故乡山高水远
土地空无一物，异地的山脉游走着我们的体温
只有此时的雨水，淅淅沥沥
正在路上赶来，一如既往地一往情深

## 方圆之内

在武汉，最好是清晨，重新收拾屋子
给房间里所有的事物，赋予
一个新的意义和过程
这些年，旧物，故人，总是能让我莫名欢喜
就像，时间在左手边，静态地，慢慢呈现

也是这样的时候，我偏爱和老人交谈
内容关于天气、交通
隔壁姑娘家小狗的名字
有时候也会说到红薯和土豆的种植方法
通过他们，我是这样近距离地贴近生活，真好

如此慵懒的时候，自然该说些慵懒的话
比如，我深信，万物皆有定时
即使站在原地不动，也会等到珞珈山上

群鸟归巢，等到东湖岸边腊梅花开
比如，生活隶属于最简单、最真实的句子
每一首诗里都安放着时间，慢慢变旧，发白

在武汉，今天，昼夜晴朗，一个不折不扣的好天气
我看到，所有的能量都在早晨开始回收
这时候，记得把所有的风声露水都折叠好，高悬
等候它们在下一个路口的故事里，缓缓展开


## 珞珈山上

我们，总是在为几个瞬间生活，比如
年少许诺，比如月色轻薄
比如，珞珈山上的桂花，开了又落

我看见十月，武汉，生活真实而普通
依旧如初，太多的人在这里告别，重逢
窗外，那些行人频繁经过，陌生而又生动
能够选择认真生活的人啊
他们，一定内心丰富

我坐在屋子里，听到秋风簌簌
还好，有灯，有火，和严寒还有一墙之隔
从来没有现在渴望，如此地，急于表达
自从深入人世，曾经的家国天下都太大了
此刻，只想翻山越岭去看你

和你说话，喝茶，漫无目的地散步
来证明，其实太多的时间，只适宜拿来浪费

我多想，再给你唱一段《诗经》
哪怕我们都不懂，一些古老的感动依旧
就像今晚，"既见君子，云胡不喜……
……死生契阔，与子成说"

## 学　会

秋天里，暮色陷入你骨骼深处
日子又一次推向了艰难
我们总是受困于时间的腹部，受困于
一些预期和许诺有去无回

我们长久以来反复地练习离别
反复地说起，山高水远来日方长
直到我们真的相信他们所说的
桥梁都坚固，隧道，也都光明

其实迄今为止，我们只拥有一种现实
但你仍然能够看见，十月，在南方
路口银杏零落，一种古老的感动
将我们等待，还有那些
雨水与雨水，彼此深爱，真好

还能叮嘱彼此一点什么
多希望，未来路上，我们都能够学会
勤于勇敢，勤于善良
都能够学会致敬土地的厚重，河流的隐喻
以及，致敬一株草，高于人的谦卑

## 因为雨水

把一场雨水往回赶，回到
雷电暴动前，制造云烟的过程
下意识地，收紧手心的河流，手背的山脉
死死地握住，一种液态的虚无

于是懂得给风暴让路，让路给
一场雨夜的冷涩荒寒，毕竟

今日是非并不是明日是非
苦难，往往小于词语的间隔

总是在生病时，变得擅长于定义
擅长于给万事万物重新命名
即使，隔岸观火依旧悲痛欲绝
就像——问人间似雪，听寒意纷飞

借助雨水内部坚硬的逻辑，我们
亲临了无数现场，直到，退回自身
或许等到河流淌进了彼此影子，这时候
最终学会深爱，终于找到一种途径，抵抗
下一场暴雨本质的入侵


康承佳，武汉大学研究生在读，"90后"诗人，重庆山城姑娘，爱文字，作品散见于《诗刊》《星星》等。

# 悄然滋生的悲喜（组诗）

## 我再次踏入一片积雪深厚的山林

多年后，我再次踏入一片积雪深厚的山林
错落的枝干渐次从身旁扫过。无意累积的雪
簌簌坠落，从一片洁白委身于另一片洁白
卷曲的枯叶，盛满了冬日无处隐匿的萧瑟和寂寥
他一一道出林间草木的姓名，和荣枯秩序
仿若他曾用过漫长的岁月与这里的植物相互辨析命运
只是那些曲折的脉络，深陷于时间的沟壑里
已不再轻易叙述人世间有关生老病死的规律
荒径戛然而止，纵横交错的枝干拦截了寂静空山
林深不知处，我们回身，将覆满白雪的路径踩出新鲜的痕
　　迹
凹陷的轮廓，溢出了晶莹剔透的白和皎洁的光
那些从雪地里数出的细碎声响，仿佛多年前走失的铜铃声

## 长江边

低压的天空翻出往日的灰白，日色暗沉
迟滞江阳城的风献出秋日的温凉
沿江的公园里，有群聚的老人演奏乐曲
不过瞬息，便已将晨光耗尽

江水平缓，托举出零星破旧船只
我逆流而上，脚下是偶然延伸出的宁静
来往行人如星辰划过。立于一侧的雕像洞悉了人世遇合

始终未能转过身去

漫卷而来的悲喜梳理出两条路径
内心悄然竖起一只孤帆，恍惚间，就顺流而去
一只惊起的飞鸟折回林丛
而我们面临的每一个日子，都失去了退路


## 遥遥东去

沿襄渝线，火车驶出山川起伏的巴山
黄昏卷入这次远行，渐次垂下的暖黄色光芒
成为流淌和收敛的部分

列车的轻微晃动反复惊醒艰难入睡的旅客
就像这次远去，睡眠和清醒都
十分仓促而又，无需交代

相邻而坐的人相互谈论起故乡、异地、工作
和生活中无数的厌倦和流离
浅尝辄止，不作深入的叙述

车窗外，有积雪成川，有遥遥东去的风
跋涉千万里。倾注而下的夜色
映出了人间辽阔苍茫的白


## 摇摇欲坠

这周而复始的季节，积满了澎湃的雨水
潮湿的薄雾，悬浮于草尖之上
人们簇拥着濡湿的黎明，在揉皱的晨光里
仿佛是美的致意，仿佛是彼此相爱

你仍然有着困惑的双眼，恰如凉风里摇晃的树影
摇摆不定，而又盛满期待

新鲜的雨滴缀满叶片交错的梧桐。这饱满的盛放
在席卷的风里，摇摇欲坠


## 忽略不计

空气里溢满了湿漉漉的冷，日光延迟了暖意
十一月，仍有固执的绿覆盖满目的凋零
那些错落的草木，漫无目的地吞咽荒芜

清晨的声音涌入耳朵，涌入无边无际的空旷
成都的街头，车如流水，行人是枝头消瘦的叶片
擦肩而过的人，来不及相爱，便已失散

木芙蓉开遍了这座城市的大小角落
悄然滋生的悲喜，一一回应了
这一树又一树的不安，和藏于内心的惊惶

粉红的内心和洁白的爱情一览无余
如果来的不是你，这绵亘千里的明媚秋色
就忽略不计，就化为乌有


## 愈　合

失去你之后，远山和时间都变得空旷
我已经不再喂养野蛮的小兽，作为对你着迷的佐证

日光被悬铃木切割成散乱的碎片
阴影和白斑险象环生，重新坠落下来

我剪掉了分叉的发梢，这近乎枯萎的枝桠
它已经剔除了笃定的花朵

来年，干枯的末端会衔来初春的嫩叶
那些新生的枝节，将不再向你延伸

## 误　人

一条误入人世的河流，避开所有的目光
从掩映的沟壑间逃走
没有惊动岸边的顽石与水草
低处腐烂的树叶不再分享下一个春天
一场预料之中的雨水，会清洗一切

关于荣枯的规律和与人相处的学问
都会有人教给你，但在那之前
你必须要先学会分辨河流的清澈与混浊。并且
去理解世间万物的美意
把宽容与慈悲给予未知的一切

路攸宁，原名潘凤妍，1996年10月生于四川万源，现就读于四川建筑职业技术学院。作品见《草堂》《诗歌月刊》《成都商报》等，获第三十五届全国大学生樱花诗歌邀请赛二等奖、全国大学生第六届"野草文学奖"邀请赛散文组（诗歌组）优秀奖，参加2018年《星星》第十一届大学生诗歌夏令营，有诗歌入选多种选本。

# 天空水一般的目光，开始打量 （组诗）

■ 许春蕾

## 放生池

二访栖霞，放生池的龟们趴在石头上
晒太阳，它们是懂得回收阳光的人，光芒
会让骨头长出新的骨头，我风尘仆仆
满身尘土，它们再也认不出我

下山的时候，池边卖龟的男人在池边钓龟
线上系一块肥肉，垂到水里
面对饥饿，龟和人是一样的
活着也是一种冒险

一只小龟被钓上来，它藏在壳里，一动不动
男人转身的时候，它跑到了水里，游出很远
关于陌生人，它和我一样，有种本能的恐惧

## 石桥也是年轻的

空山寂
夜里听见老桥的叹息
这声音，像祖父
从深夜的井里传来的回声
有些狭窄，又有些潮湿
我的先辈多次走过石桥
他们依次推着小推车、自行车、三轮车
后来他们又带着妻子和儿女

带着锄头、镰刀和种子
他们经过的地方
所有的野花都开了

那时候，石桥也是年轻的
一头牛走过
故意抬起蹄子
蹭了蹭，他额上的灰尘


## 夜

夜晚的蛙声像沸腾的水，响动不息
远处的动车来来去去，像我七岁那年
在乡间小路上的奔跑
天空水一般的目光，开始打量，包括
一只鸟的失眠，一朵花的败落
他甚至伸出手，接住了一片坠落的叶子
缓缓，叶子落下，一只小虫在它身旁走过
山脚下的灯光亮着，一扇窗子半开半合
风吹到这里，就停了


## 宽窄巷子

宽与窄，是两条巷子的表现形式
恰如河流，恰如乐曲，恰如一个人
从青春到暮年的无数清晨与黄昏

叫卖声不绝，叶雕书签，叶子以熊猫的姿态
存活，或者藏匿着几滴黄昏的酒，或者
扎进了几枚图钉般的鸟鸣，深深，却从不显露
像我青春时，重叠的所有

宽与窄，我何曾不在多种选择里
我们何曾，可以选择日落的不同时辰

宽窄巷里捡垃圾的人，依旧像清理田亩一样
梳理每一个垃圾箱，他们是唯一，与这热闹无关的人


## 鱼　钩

我闭门，缄口，也关上身体，关上
每一棵水草般摇晃的情欲
断电，斩断神经
甚至拒绝阳光与露水，拒绝跋山涉水来爱我的人
爱的人不来，葳蕤也只是荒漠一种
雪花也只能藏在大雪之中

她们谈吐不凡，顾盼生辉
在喜欢和不喜欢的人面前，她们都是掌控者
我做不到，这么多年，我只是一条鱼
在岸边等待，一个我爱的白衣男人
垂下鱼钩


## 老　桥

那座通往西坡田地的石桥，塌了
窄窄的石桥，远比不上黄河大桥的壮阔
它只是村庄祖先搭建的几块石板
一生无名无姓
就像乡下那些失去名字的母亲

去年割麦
我和弟弟还趴在桥板上看漩涡
几片树叶，说没就没了，许多人也是这样
父亲的农用三轮，刚刚能通过窄桥
那天黄昏，太阳迟迟不落下
父亲过桥的时候小心翼翼
老桥晃了一下
又使劲挺直了身子

## 杜甫草堂

只剩一间屋子了，一间从安史之乱
就漏风漏雨的屋子，装不下那些帝王的虚情假意

庭院里作为点缀的辣椒和芋头
没有一棵，是你用锄头栽种的诗句
柴门上过厚的茅草，嘲笑你
掉在秋风里的咳嗽声

离开的时候，白榆的一小块树皮
落在头顶，湿漉漉
像是你，从唐朝的水中探出身来

许春蕾，1993 年出生，山东滨州人，文学院研究生在读。作品见于《星星》《红岩》《山东文学》《青海湖》等，曾获第 35 届樱花诗赛奖等奖项，参加《星星》第 11 届大学生诗歌夏令营、江苏省作家协会第 29 届 (江苏文学院首届) 青年作家读书研讨班。

# 言语使人孤独（组诗）

■ 朱万敏

## 红色星期五，日落前的一个片断

走下第二级台阶时，她停住了
暮色中的女人，衣衫在晚风里拂动
路过这鹅黄色的春天
茫然的片刻，飞机闪烁着划过
空气里仿佛真有透光的寂静
她想起早些时候，艰难地
吃下最后一个苹果，
过于鲜艳的颜色
明天也有人要离开么？
在梦醒般的沉默里，
在遗忘带来的悲伤里，
她站在那儿，
感到时间正流过她
就像车流华丽地穿过街道
在近乎凝滞的喧哗中
厄运正向她扑来，
如同眼前骤临的黑夜

## 水中一日

父亲，今天我在回去的路上
遇见了雪，那么白
没有倒影，就像没有过去。
我知道，时间会消耗一切

可是如果我能倒过来走呢？
往昔的星辰闪耀，我又会如何失去
这里的生活很好，父亲
我见到了许多名字，过了很久
也没有什么可以记起的人
人们在集市上为节日走动，
那么匆忙，没有一点分离的预兆
父亲，烟花在夜里升起来了
雪一样刺眼
我看着那旧日的遗迹
那么隆重，仿佛在等待
那枯竭的一刻


## 夜　曲

阳台是房间的豁口，
经由它，我与对面的山丘
相连。这伏在城中的山兽。
在连绵的夜里，山上唯一的光
闪动，如此平静。

蟑螂将趁着短暂的黑，
在冰箱的鸣响中爬上餐桌，
伸出触角，探取这一天的残渣，
人们拥抱和争吵的残渣。冷的。

我躺在床上，看墙上印下的影子。
它来自楼下的某盏路灯，工厂制造的
千万路灯中的一盏。所有的窗格
盛着同一规格的光。从窗外看，
我们也是其中暗淡的一盏。

晾晒在窗外，晾晒在
这座建筑边缘的床单
飘拂在我眼中，像飘拂在

耳中的，公路上驰行的热望

云团在人们的睡眠中鼓胀，
步履不停。这些缓慢的云，如果
要熨平城市的焦渴，为什么
从不降落呢


## 白色星期一，午后在洗手台前

她洗手时注意到这面镜子
双马尾的女孩，一张困惑的脸
那是她自己么，为什么在和别人说话？
水凉凉的，有光在墙壁上来回闪动
这一幕是否足够平淡？她不知道
很快，她的家人会来接她，
在黄昏中离开这所新学校
她也不知道，再过几年，
会有一个孱弱的弟弟降生
有时她深夜在大街上奔跑，没来由地
记起很多事情，比如一条晒干的蛇
比如炎夏里潮湿的闪电
或者是现在，这个她认出自己的时刻
她将不断回想起这一幕，在入睡前
在玻璃窗的倒影里，在酒醒之后
直到将它视作一生的开始
而她只是洗好了手，转身出门
让太阳轻轻照耀在身上


## 蓝色星期日，凌晨鸟声隐现

我看到天花板上流动的影子
屋里还能听到人的呼吸吗？
我梦到我在草地上散步，整个晚上
没有遇见一个人

太阳消隐太久了，
我醒来也没有见到太阳
猫在外面狠命地挠
窗外有火车呼啸而过，
有救护车带着女人的哭声穿过
也许有人在回去的路上走丢了
明天他们会去放风筝，那将是一年中
为数不多的幸福景象，
但不是这样的
一个人不能决定他的出生，
正如他不知道，会醒在哪一场梦里
可是你不要害怕，天已经亮了
门外也没有陌生的人


朱万敏，1997 年生于江西九江，现为复旦大学 15 级中文系
本科生。

# 花瓣游戏（组诗）

张丹

## 新的开始

风把一则蝴蝶的断翅吹到书房的地毯上来了。
我刚清理完书，像锄过草，坐在边上等汗水散去。
翅翼来到眼中。翻动又停下，不再说什么了。
周围的书用脊上的书名对我，用闭合与召唤。
曾在我心里种树，长出森林，鸟来啼鸣，杀戮。
同时造成我脸上的田地，春种秋收，形同岁月。
我终于开始理解，世界只是说话，不发出声音。
我们，还有机会——提取出干净快乐的诗。
生命的语言和劳作会巧妙地对应。
一如蝴蝶，懂得新的开始。

## 花瓣游戏
——读完《包法利夫人》

下午你抽空离开了一会。
回来发现，天空变红了。
电线如织，且延伸。
路灯亮了。窗户亮了。
草地上，一条白天的水管，
软软地，匍匐。
它为什么被留在这里？像遗忘本身。
你想起了某一次，好几次，
始终没弄清楚的事情。
你不知道。就像感觉本身。

你爱，你不爱，你爱，
你回避自我的，花瓣游戏。
却在生命的地面，留下过程。
你的恐惧和激情总想临阵突围。
神经元监守自盗，闪烁其词。
你的梦，真切地说出。
而因为观看了遗忘，
你像是故意要错过公交车，
在终于到来的星期五。


## 夏日永路

我五岁时，妈妈正当盛年。
我们搭上遂宁出发的汽车，
要去铜梁。那是一条修筑中的路。
上午十点，有我吐在粉裙上的
蛋黄早餐和颜色。
司机在中途停车（所有人下车），
妈妈拉着我往前走。
那是一面斜坡，陡得吓人。
柏油刚覆上面，像黑头发。
妈妈一边走一边说，
"我快生你了，
挺着大肚子，搭一辆货车。
从铜梁搬家到遂宁。
这段路太烂了，
司机怕出事让我下来走。
我就挺着肚子，走到了天黑。
路上一过车就飞石子。
我真怕那些石头打到我的肚皮上。"
以后很多很多年，
我经常看见：
我在水里。
妈妈在不安地走那条夏日永路。
我们在一起走那条路。

直到我们终于完成了一个斜坡。
再次上车。


## 秋　晚

一生中，
有很多个晚上，
你要独自听雨，
落在窗外的叶上。
要在简陋的租屋里，
匆忙制成的台灯和风扇边，
揽看生命无一字可改的书页。
要几百次，让压倒内心的风暴过境。
准备着，
没有人会先于雨，找到你。
你也不会先于过往或忘记，
找到你。

## 她，打算申诉

这不是最后的判决
隐忍，躲在房檐下
滴滴答答地抽噎
面对无常反复的雨季
她也学会了，蓄势再发


## 深冬，一次出门走走

深冬五点，世界的楼空着。
无人的风景开门，如同记忆。
雾霾里伏着一条优美的河脊。
可渐渐地，河堤上走过四五人。
一只小狗跟着他们。

他们从哪里开始出现的？
走过这无所事事的傍晚。
走过我身边。谈笑着，
几件我不可更深理解的事情。
天很快就黑了。更多的人步进。
手机屏在闪烁。
有人手握，地球一晚的星星。
有人接收，藏于平静光面下的雨水。
虚拟当下，胜过了当下真实。
我上楼回家了。像个没有当下的人。
在我的现在里面：
螃蟹在沙里睡着，鱼躲到假山下面，
水母消失了。又一整天。
它们的欲望不在面条里。

## 危险的词语
——读完《伪装成独白的爱情》

春夏之交，总在绝望地饮酒。
命中的蝴蝶，飞走一些，打落一些。
（有些蝴蝶是花，一扇词打开。）
时已至此，词语都带着暗影，
危险让我们学会了理解。
一次崩亡后，开始快乐生存。
就快像夏天一样，变得浓密有致。
一次目光中，流进了清泉般的眼泪。
你低落的头抬起来，"让我们做人"

张丹，四川遂宁人，生于 1989 年。四川师范大学比较文学
硕士在读。

# 你撞见过春天侧面清瘦的雪 (组诗)

■ 在野

## 即 作
——记 3 月 17 日北京意外降雪

坐在腹地上制作比喻的人已经累了。
春天又来了，又捎来对岸退潮的消息。

重头来过如果是一场雪，它只会落得像悔悟一样晚，
只能洇湿身后一小群嗡嗡赶路的枫叶。
红毛衣里的小小造物，你在要着
什么？你怜悯什么？

如果丢下比喻的人能跑赢时间
从头来过会像雪的轻骑队，从反方向涌入跟前。

你总是期望手工之物升上枝头，
你总是期望吹奏药味儿纸鹤。
孩子，你打永恒之林里致命穿逃过，
你撞见过春天侧面清瘦的雪。

## S.O.S.

棉可是，灵魂被锁在肉体里
血的低吼
以及肩胛骨徒劳的振翅

白云下，最痛苦的那一个

跪着捧来闪耀的十字架胸针
把肉体与灵魂
紧紧地别在一起
手持小刀的医生们喊口令
剜下每一处新瘤（结痂的舌头？）
日后，将要穿西装，拿捧花
三五成群地咳嗽着
去庆祝一场场百年联姻

百年，哪一天不是夜繁衍着夜
像交配中的黑蝴蝶？哪一天不是
血的低吼？哪一天不是纵深的根茎
探出风的双层巴士
摇动呼救的舌头？

可是他赶路，他仍赶路
他的灵魂被锁在肉体里
而且，他小心地
绕开每一个能解锁的人

## 返京列车上

棉被使你的孤独更凸出。你将早晨提前在晴天娃娃上系好。
是的，远方会是及时的，会冲你的暗处猛摇铃。
半夜，你正发烧，在焰心处被滴蜡，缓缓弯成
一张深蓝色车票。可否将遭遇，唱作摇篮曲呢？
睡前，我们又一起练习分辨：爱我们与不爱我们的人，
如我们与不如我们的人。这技艺你已纯熟，
就像分食两种口味的鸦片。我们上了瘾：用红笔圈出
缺乏天资的人，仿佛他们是一组不必验算的数学式子，
而我们不是。车窗在疾速的赶路中腹痛，
在晶状体上催生泪斑。你的躯干，像病床上枯瘦的蚕。
你恳求我，要我将自我递给你——
对不起，你明知我是冰凉的水、滚烫的杯子。
若你敢在台风眼中静坐得最远最深，我必定更尊重你。

彻夜不睡并非难事，数遍隧道上方穿长睡衣的树木幽灵。
它们生前应该都被揉碎过，否则怎会充满如此多的缝隙。
几小时后，裹在白床单里醒来的市民们，
将会摇晃得好比祈福筒里的上上签。吉祥的北京晴天。
是的，远方会是及时的——你会退烧，会回到尘嚣所在，
第一万次走向你孤独又清凉的座位。
而此夜，烈火车厢内，告诉我，
你是否正疼痛万分地梦见我们的苦涩朋友？


## 无所知

你并非陀氏或三岛，
但我会读遍你的全集，
会把冥冥之情落款于扉页，
会持春日的手枪出发，
去探访并捋平你的前因。
在那爱耍威风的南方
雨曾没完地追来，开闭
你后背的抽屉；畏冷且
古板的江岸，和树影里
来回散步的牙医，都使你唇角
时不时亮出泪烬，和争执的
最终胜利。你可知有时候
一个人，会恍觉自己的所爱
面目可憎；有时候，一个人
会与另一个人凝视良久
久到喜或恨都成了一顶
闹市里做工稀薄的帐篷，久到
永恒像某种疯后的刺痛
在星轨内脉冲。我绝不将旧日譬作
一杯越苦涩越风情的马提尼。
当我十八岁，把行李箱推上铁轨
想一屁股滑进哈佛里，却弄丢了
我中学里唯一的朋友。这桥段
我不知你是不是熟悉，我只见

四周净是异常的指示，是醒后
极低的天，是阴云密布的裁缝
用互相温慰的渴望，将新人
贴身地勾勒。这道路极淤破
才默许并踵的脚，把旅行徘徊成
一场平白且无故人的漂泊。
对春日的失望欺凌你我，
你我对彼此而言，也只是
一间十分简陋的藏身之所。
我始终不知南方，有多少不美的花
依然在暗夜深处，使尽深情
将自我——胀破，仿佛作为
落榜者，一次次的奋力撑绽
就是她们祈求来的全部恩赐。
南方小城里还留白多少传说，
我们就还剩多少磅礴的赶路。
然而，是你再次让我确信，爱
是对的。脱下轻言弃的肉体，
这颗心，仍在努力地认出你。
首都机场下沉的机翼，很快又会
被大贪婪的那一页纷纷扇起。
而我们还得重返来处，
还得继续栖身在那里。

在野，原名杨依菲，生于 1995 年 5 月 11 日。北师大文学院
在读研究生。

# 苟且的诗和远方的幻想（评论）

魏巍

长期以来，《诗歌风赏》以其独特的性别视角，发掘了很多女性诗人的创作潜力。在这一卷的"绽放"栏目中，六位女诗人以不同的视角展现了当代女性诗人的风采。

女性诗歌作为一个整体，应该具有某种统一性，但事实上，女性诗歌具有复杂性。尽管我们可以在一个统一的命题下对她们进行研究，但是，我们同样应该注意到这个命题下的这种复杂性。无论从代际，还是地域，民族等差异来看，女性诗歌都蕴含着各种可能性：诸如对两性书写差异的缝合或撕裂，对地域文化、族群差异的不同表达等。

对诗人们来说，"我""我们""你""他""她""他们"这样的词汇或许并非简单的一个人称代词，尤其是在六位女性诗人笔下，"我"明显具有建构自身主体性的含义。它突出的既是诗人的主体性感受，同时，又把我与"他"放到了性别与主体性地位的两极。然而，我们必须看到的是，这种两极并非完全对立，而是相互依存的性别分野。他们不存在某种因为性别不同而产生的紧张对立，用凯特·米利特的话说，就是"性别的政治"，恰恰相反，她们与现代时期的女性相比，更加深刻地理解到了两性之间的和谐共处之道。这一反九十年代之前的女性诗风，对于女性新诗研究来说，这种现象无疑值得认真关注。这或许源自年轻女性的青春幻想，以及对生活的热爱，同时也与文化接受以及社会观念的转变息息相关。

与之对应的是"我们"与"他们"之间的对立关系，对于女性诗人们来说，这是一种性别自觉，可喜的是，这种性别自觉并非完全出自性别文化抵制的策略，而是在"我们"与"他们"之间达成了某种和解，"通过他们，我是这样近距离地贴近生活，真好"（廖承佳《方圆之内》），"他们经过的地方／所有的野花都开了"（许春蕾《石桥也是年轻的》），"他们是偶像的诗人／他们能写完美的诗"（在野《我走进一座内向的山》）。

"我"有时候与"她"形成一种同构关系，在野的《我走进一座内向的山》，朱万敏的《红色星期五，日落前的一个片断》《白色星期一，午后在洗手台前》中，"我"与"她"形成了一种既同构又分裂的关系，当诗人在观看"她"的时候，也是诗人反观自身的时候。相反，在"我"与"你"之间，却形成了较为复杂的关系，它可能是恋人之间的相互惦念，也可能是离别后的忧伤。

　　作为"性别政治"的文化诗学在年轻女性诗人们的笔下正在和解，但是，另一种文化上的差异正在悄然形成：地域文化的差异而导致的性别认知。在当前，城市与乡下的地理概念虽然不再像二十世纪八十年代前那么剧烈，但是，因地域差异而导致的文化差异却仍然没有太大改观。在许春蕾的《老桥》中，塌了的老桥"一生无名无姓／就像乡下那些失去名字的母亲"。我在这里提到《老桥》这首诗，并不想对这整首诗作一个诗学上的解读，而是想仅仅就这句诗与其他五位女性诗人的诗作因地域的不同而表现出来的文化差异性进行指认。显然，许春蕾在这首诗中所标示出来的性别问题并非完全来自男权社会的挤压，那些失去名字的母亲，更多的是来自地域，来自现实生存的压力。

　　在海德格尔的存在主义哲学那里，"时间"作为一个哲学命题，与"此在"紧密相关。事实上，时间问题远不只是一个哲学命题，我们甚至可以说，它也是文学关注的重要问题。从根本上来说，文学关注的本质就是存在。

　　在康承佳、路攸宁、许春蕾、在野、朱万敏、张丹的诗中，"时间"作为"存在"的证词，变成一种常态。正如康承佳在《方圆之内》所说："每一首诗里都安放着时间。"承佳的时间是充实的时间，是对过去凝神静视的时间，当然，也是悲伤的时间。而攸宁的时间则是"空旷"的，深陷于沟壑中的。春蕾的时间是散漫悠闲的。在野则沉浸在她的"内时间"里，在与自己的对话中"走进一座内向的山"。张丹与万敏在某种程度上具有相似性，梦里的时间，或者说梦幻的时间在诗中流淌。在这些时间现象后，究竟隐含着什么样的精神意蕴？

　　在六位诗人的时间书写中，每种时间观念其实都对应着相应的人生观与世界观。对于作家们来说，普鲁斯特的时间、福克纳的时间与博尔赫斯的时间就各有不同。同样，对于这六位诗人来说，不同的时间观同样表现出他们对自己人生经历的不同看法。

　　然而，不应该把诗歌当作是简单的分行艺术，它也是语言的艺术。要在简短的诗作中表达深层的感受，无论这种感受是哲学的，还是现实人生的，都必须要求我们做到"言有尽而意无穷"，这诚然不是所有人都能够达到的境界，但我们至少应该让诗歌语言简洁、直观。比如"池边卖龟的男人在池边钓鱼""周围的书用脊上的书名对我",再比如"我问她：女孩，女孩，告诉我……""太阳消隐太久了，我醒来也没有见到太阳"，诸如此类，其实很多地方都可以让语言更加简洁，简洁的语言是诗意表达的开始。

　　文学来源于生活。没有对生活的切身感悟，就不会有对生活的诗意表达。这一点，是在读完六位诗人的诗作后最为直观的感受。在当前的诗歌界，拘泥于一己得失，春花秋月的诗歌甚嚣尘上，而很少有将生命的痛感、生活的痛感进行表达的诗作。我们经常听到的话说，生活不止眼前的苟且，还有诗和远方。其实在我看来，现实生活恰恰只是眼前的苟且，而诗和远方恰恰只是一个虚无缥缈的空中楼阁。在这个意义上，如果诗和远方分享了同一个意义属性，那么，面对当下的苟且，恰恰正是一个有良知的诗人所应有的担当。在当前，我们不应该再画饼充饥，以虚无的乌托邦来面对自己的人生，面对人类的未来。当我们整天在为孩子的疫苗悲愤却无处发泄，为食品的安全担忧，为渺如蝼蚁的生命悲苦的时候，如何苟且于世可能远比那个遥不可及的"诗"和"远方"更为真实。托尔斯泰在《安娜·卡列尼娜》中说，幸福的人何其相似，而不幸的人却有各自的不幸，我们也可以说，"诗"和"远方"何其相似，而不幸的人事却各有各的不同。活着是一门艺术，而如何活着，如何坚强苟且且脚踏实地地活着，却又是另一门艺术。我这么说并非要求年轻的诗人们去做什么改变，因为说到底，无论是诗言志还是诗缘情，诗歌都是诗人有感而发的结果，我这么说，只是出自于一己的感悟罢了，分享于六位年轻诗人，也算自勉。


魏巍，重庆酉阳人，现供职于西南大学中国新诗研究所。

PROSE POEM
POETRY FASHION

散章

重庆子衣

司徒

青花

子秋

史枫

那女

# 暮晚的河流（组章）

重庆子衣

## 暮晚的河流

很低很低地伏下来，如同暮色黄昏里的一条河流。

不一定在奔腾得更远。也不必在闪亮的风中，华丽所有事物。

简单而低矮的生命，有时同样宁静，同样宽阔。

我在一条暮晚的河流里，倾听自己血脉流淌的潺湲声，它并不卑微，也并非，一无所有。

一颗实实在在的心，没有光芒的朗照，同样可以流淌得很久，很久。

可以，不在星光下做一个奢华而盛大的梦。

可以，不在绚丽的灯影里，闪亮一条河流的所有。

在阴影暗处，我富足，我也快乐，我平实，我也仍将时间和历史，一并拥有。

你瞧见暮色中的河流，它们平缓而安静的波涛了么？

你听见在黑暗深处，不需华灯朗照的那一条江流了么？

它流向自己的远方，在宽阔而绵延的地平线，穿过黑夜，流向自己，最为富足、最为内蕴的深处。

## 夜海之波

躺下来时，我绵延了地平线所有的柔软，在暮色夕光里，让所有的山峰，低矮在温柔的静处。

越走越深的黑暗，并不可怕。

每一天的晨光，总在前方等我。

我与黑夜，相互低语于广阔的黑暗之中。

星星点点的星光，仿佛是我们温暖而宁静的谈论，主题是理解、博爱、包容。

收回大地所有的荆棘。锋芒与利刺，决不轻易刺向别的事物。

于是，热爱和赞美成为我终身流淌的方向，在大地之上，我更倾心于温热细软的流沙，更愿如一汪大海，在暮色黑昏的沙滩上，只说开阔，只说接纳、承载、爱护。

噢，宽厚与温存，仿佛是我绵延千里的诗风。

黑暗的夜海里，所有宁静的沙滩，广远而温柔的细波，都是我一枚枚绵厚温顺的词语，成就我的性格，也锻造我的风度。

不争，不怨，不怒，不吼。不在锋利的刀锋之上，加重世界的伤口。

一座广阔的夜海，在星月之下，只想绵远千里地接纳，收容，流动。再接纳，再收容，再流动……

## 月光，我的月光

坐上天空，献出全部的月光，我便会得到整座天空。

伤口极小极小，歌唱越来越大。

每一寸月光为所有黑暗的事物轻轻而舞。

我想把所有的光芒与快乐，带给黑夜之上，所有孤苦的事物。

蓝色的夜空，会给我所有广阔。温柔的月夜下，小虫子，也在和鸣我的轻歌。

当一轮月亮从新月唱到月圆，从月圆唱到月黑，总有一些与我和鸣的事物，伴随着我，温和而宁静地生活。

我喜欢种植爱，种植光芒，喜欢在漆黑的大地之上，闪亮自己能够闪亮的所有。

如果在月黑之夜，你无法听到我的欢歌，那是因为，所有的黑暗，已经懂得，我已无所谓月圆月缺，无所谓上升或坠落。

是月光，就会有光芒闪烁于夜空。

是坠落，也会有漆黑宽厚的大地，等待新月初升的温柔。

远与近，长与短，右与左，不论时光轮回，生死契阔，如果我有光，我愿与众多事物一起明亮，如果大地黑暗，我也愿在漆黑的深夜里，与所有企盼光明的眼睛，一起祈祷，一起等待，清朗的阳光，升上明日的楼群或草坡。

# 相守着一窗山月

当美还没有被时光和岁月完全描绘而出，你早已守在我身后。

这么多年了，相守着一窗山月，是一种平静，也是一种绵长的甘甜美酒。

有时，我们的目光在远方。回过头时，身边相守的事物，早已跟随自己，苍老每一个脚步。

但呼吸与爱怜的目光，早已无法忽视，近处的风景，近处的事物。

而光就这样，落在我们相依数年的黄昏，它并非只是静美，它也曾经燃烧过，沸腾过。

亲爱的，我依然是一锅沸腾的香辣火锅，你爱，平静的锅心，仍会为你蒸腾，所有的爱和欢乐。

不必忧思，凝神的女子在沉思什么。安静的目光里，虽有遥远星空，更有近处，赖以生存的屋檐、栅栏、露水和花朵。

还有更远的山水，需要我们一起去走。

还有更远的清晨、黄昏，需要我们，一起安渡。

亲，月光里有你的笑颜，阳光里有你的甜梦。你爱我也爱，你痛我也痛。

我们的临峰山，依然青翠，我们的沙湾河，依然缱绻着柔波。

我们的广普小镇，依然在高坡之上，亮出星光和日月的暖度。

亲爱，五彩斑斓的明天，我们继续，白发牵着白发，岁月连着岁月，一起数着时针，一起相依而过——

# 在低处，又想起高远明艳的天空

秋天需要灿烂。平庸的生命里，我仍渴望一抹金黄，来灿烂每一个平静的日头。

一颗渴望浓墨重彩活着的心，仍然不想，这样淡然无味地，将每一寸珍贵的时光，白白虚度。

曹植的《白马篇》，都渴望为国捐躯，我这样浪费时光地活着，是不是应该感到脸红？

但命运，只给了我低矮的岁月，湿重的生存环境，我又如何像一匹高昂的骏马，纵横驰骋于万里沙漠？

大女人的光辉之心，只是被平凡的灰尘所淹没。多么渴望一块粗糙的石头，能将余生的岁月，打磨成玉，磨砺成一块，晶光剔透的玉镯。

仅仅只是一匹母狮的执着仰望。仅仅只是一株野草的，阳光梦想。

天地岁月，早已框架好我生命的罗盘，平庸的年岁里，我已接受自己一无长物的灰暗。

不要再存高妄之心，不要再谈成功之论。在平凡余生里，珍惜在这世间，安享的每一事、每一物，生命的光华，自会灿烂。

但阳光，终是我毕生珍爱的宝物。但天空，终是我一生里，坚持仰望的理想之空。一个渴望光芒的星座，即便陷落于天地间最小的泥淖，我仍在以光艳之心，仰望高空。

不想跌落，不想以向下的生命，虚度更多时光和事物。

可挣扎和奋斗，耗去我更多精力与体力，窗外的雨水，仍在提醒我，要面对现实，要面对，自己真实的生活。

如今，我只有承认平淡安宁的半生，如今，我只有坦言，自己不过是世间万物里，最为普通的事物。

继续低头行走。继续，偶尔仰望晴空。

当一颗永怀阳光的心，一直努力地往前走，我相信明天，我也相信，生命所有的黄昏日暮。

重庆子衣，女。本名何春先。重庆江津人。现居重庆璧山。生于20世纪70年代。有诗作发表于《诗刊》《星星》《诗潮》等全国各级刊物。有诗作在全国诗赛中获奖。已出版个人诗集《成熟的暗香》《子衣诗选》《爱与火焰》，诗歌合集《北纬29度的芳华》《花树芬芳》等。主编多部图书。

# 呼伦贝尔草原行吟（组章）

司念

## 一

把以前的梦境一起搬过来。

梦醒后，呼伦贝尔大草原就是你此刻的人间仙境了。

你尽情地呼吸，在一片绿色的海洋。

身边是一望无际的草原，成群的牛羊在蓝天白云下吃草，大把地消费着时光。

牧民说，今年的雨水丰沛，青草长得丰美，正是盛夏避暑好时节。

内心欣喜，你知道，上天的旨意，有时候不会辜负长久的努力和期盼。

远处，万马奔腾，牧民挥动马鞭，策马驰骋。

一代天骄的子民，展示着昔日的风姿。恐怕，不仅如此，强悍威武的定力，潜在地注入颓废腐败的气息里。

游牧和中原，不是简单地在地理上结合。

行走古街，成排的羊肉挂满墙根，是烤全羊、炖全羊、煮全羊、蒸全羊？人们各有所好。

而你，独自喝了一杯酒，敬一千多年前的英雄。

敬他马蹄声如雷，马头琴嘶鸣，长调悠扬。

敬西风吹入金帐，他端坐炉旁，对阵布兵。

敬他征战沙场时的英姿，所向披靡时的气概，号令天下时的雄威。

你怀念：于南来北往，东奔西突，飞沙走石中，草原长啸的狼。

## 二

一轮圆月在西边燃烧，深蓝的天空越发暗下去了。篝火升起，这人间天庭，连为一体。

日常的无趣忙碌，随着火焰的噼啪声，弹奏起慢节拍。

把握生命的节奏——远离数字科技和软件（无形的枷锁）。

开始，播放二十六年前世界杯主题曲；然后，蒙古族姑娘扭动丰满的腰肢，打起节拍，跟随她的示范动作，人们欢笑着模仿，动作整齐划一，索性，陷入手舞足蹈的狂野中；后来，三五人拉起手来转圈，跑动，并按照不同方向转动，似乎要转走既定的规律，转走脱离现实的人生。

蒙古汉子从蒙古包里走出，拉起马头琴，歌唱辽阔的草原，一颗永不没落的心。

篝火熊熊燃烧，点燃了生命渴念的引子，是走向更新的开始，是凤凰涅槃的第一步尝试。

欢快的锅庄，洁白的哈达，代表的不仅是欢乐和欢迎，更是表达对游牧生活的怀念与祝福，那千百年来迁徙奔波的不易与无奈。

一匹马，一个人，一个部落，一个民族，在浩荡的历史长河里，应该被记住。

你猜想：一千多年前的英雄，曾经也点燃篝火舞蹈，笑声响到天际。

于是，你扔掉一切包袱，奔向红色的火焰。

## 三

这是一条有形的边界，隔开了两个古老的国度，他有一个好听的名字——额尔古纳。

上接海拉尔，下启满洲里，一路流经宽阔的谷地。

三百年前，他被命名，享誉被记载的荣典。

那么三百年之前，他的名字是什么？西风吹过，牛羊布满山坡，牧羊者有不同的称呼，却没有被官方认证。

千万年来，他静静地流淌，哪怕面临干涸、枯竭，哪怕偶尔阻隔、拦截，沉默是他对大地的态度，对天空的回应。

时光里的委屈和不甘，无言是最强的反抗？

出现在他札记里的，除了狼烟虎啸，策马汉子，还有弘吉剌部大营，集中了蒙古族、达斡尔族、鄂伦春族、俄罗斯族等不同民族。

不同的文明仪式，不同的根部驻扎。对根部的坚守，是最初的信念。

河流始终承担起自身的责任，敞开心胸，哺育四方子民。

于是，狭隘的思想无处遁形。

几所村庄坐落在恩河边，这是自然的分布，也是自然的馈赠。很规律，很整齐。

沿水而居，饮马喂羊，明丽的恩河水，在多民族杂居的祖籍中被感念着，正如他们一遍又一遍翻看的经文，祝福的语言是嘴唇重复的内容。

祈祷的愿景，需要尊重。

正值夏日，雏菊和牡丹开在木刻楞房檐。一阵雷雨，唤醒了万籁俱寂的世界。慵懒的啤酒瓶和散发着青草味的羊排，是度过夜晚的方式。亲爱的，不如放开充斥城市的攫取。

如果你从远方来，就选择慵懒无争。

在无霜的日子里，没有炎热，拒绝拥挤。

倘若长久沉浸在忙碌无为里，就选择喝醉，吃胖。

酒肉穿肠过，肩膀继续挺起。

你看，金发碧眼的俄罗斯族姑娘，端起酒杯，切开羊腿，用纯正的汉语，祝福祖国辽阔，祈愿永居家乡。

他们的根，在恩河的左边，也在恩河的右边。

根，没有官方和民间的差异，一旦扎入地底，它乐于自由生长。

在似乎未被用过的时光之中。

散章

131

## 五

　　他们始终铭记祖先的来历，正如我们铭记祖先的姓名。

　　炮火连天，家书万金。学习不同的语言，是他们本能的使命。当然，他们乐于操守两种习俗，运用两种语言。

　　直说，村里男人战死沙场，剩下老人孩童，青年的女人们，大都成了寡妇。而养家的重任，逼迫她们来到异国他乡，嫁给陌生的男子，并且，生下混血后代。

　　直说，过着两种不同的生活，如，同一个日子，庆祝两个节日。如，同一个季节，穿两种式样的服装。如，同一首旋律，唱着两种歌颂的词曲。

　　她们自得其乐，却从不问根的失落。

　　他们害怕根的失落。

　　血脉、纯正的字眼，不敢提，从不提。

　　正如多年前，我们不敢提及被征服。

　　他们有：手风琴、手鼓、五彩蛋、甜品、烈酒、汉语。

　　在北方的边界，享受自然和内心的富有，比辽阔还辽阔，比漫长还漫长。

　　整年的公文应答，完成的多项任务，在这里一无是处。

## 六

　　入夜前，灯壁辉煌，全城被点亮。

　　满洲里——北方的星星，挂在北方草原上的一颗明珠，照耀着八方游子的前程，点亮了三岸的友谊。

　　灯火通明，往来行人无数，分不清白天和黑夜。

　　从古至今，这儿一直是重要通商口岸，往返贸易频繁发达。

　　倘若从呼伦湖边走过，骏马驮起鱼虾和美酒，换回查干湖的套娃和鸡蛋。

　　而人类的脚印，那文明存在的遗迹，有铁木真大汗行营、拓跋鲜卑古墓群、扎赉诺尔猛犸化石等作证。

来到满洲里，不说犹豫，只说豁达。不说欺骗，只说本真。

远走的英雄，只用两匹白骒马，风驰电掣，追获成群的灰狼和盘羊。

退化是科技让我们付出的代价？

手脚都在，却不发达。

耳聪目明，却说荤话。

不骑马射箭，不弯弓射大雕，长年累月，坐在屏幕前，纸上谈兵。

都说：文明的火种——相互流转、传承，以永恒的良善。

似乎，后代，渐渐遗忘。

翠绿的山顶上，白色的风车摇动，诗歌和火焰是仅有的征信。

# 七

你以为扎赉诺尔的天空被雨水清洗过，披上了蓝色的丝绸。

原来，这儿有座寺庙，寺庙中有喷涌不止的"圣泉"（三十里泉），可以推测，圣泉清洗过惹满尘埃的灵魂。

妙法真如，作为中国北方最大的寺院——大觉禅寺，万物迅速变得明晰起来。

当汽车从达兰鄂罗木河经过，你看到达永山上挺立着两棵老榆树，白色风车按照自己的脉搏转动。

忽然之间，苦难悲悯如云烟一样消散。

也就是在这一瞬间，想起多年好友，她在一个夏日，来寺院理清头绪。不是皈依，而是寻找前半生遭遇的原因。

你还记得，她关闭所有电子设备，与外界断绝关联。

她每日的内容很有规律：清晨早起，打扫庭院。晌午念经，敲响木鱼和钟声。下午打坐，冥想搬柴。

当方丈诚心劝诫皈依佛门时，她思索多日的结果是拒绝。

她说，还有责任担子在，在年纪尚小抛弃该有的责任，是不负责的。于是，在多日的彻悟后，把自己重新抛入红尘。

大觉寺依然雕梁画栋，香烟缭绕，气势恢宏。

今天的山门、钟楼、碑亭、天王殿、大雄宝殿、三面观音像、藏经阁以及八大偏殿严肃地展现在眼前，你明白了佛光普照的含义。

皈依与否已经不重要，明确了后半生的路才是当务之急。

你可以出坡劳作，培修福德；提起正念，照顾脚下。

# 八

天子曾经在天下第一曲水厉兵秣马，无论河水如何蜿蜒曲折，他都选择迎难而上。

历史说，莫日格勒河是攻打天下的重要供给源泉。

这儿的青草茂盛，河水清澈，鱼虾跳动。

这儿的地势低洼，便于仰望天空的辽阔。

当然，这儿的油菜花开遍草原，金灿灿的花朵，在天空下，与日月的光辉不分你我。

牧民说，油菜花每年开两次，分为早季和晚季。

早季生长迅速，茎秆高大粗壮，可与南方争高下；晚季不急不慢，悄悄地在八月生长，低调地为它的主人提供坚实的养料。

而风雨在八月猛急，河水涨平了草地。牛羊涉水走过，毛发明亮。卡车走过，歌声嘹亮。

驻扎在花地里的是红色的黏土，很快将鞋袜染成红色。想必，千百年前，它们也如此染红了天子的战靴，染红天子的战旗，染红号令天下的雄心。

不过，这些都不重要。只需用这金色和红色，代表日出东方，鸡鸣晓唱。

无论你身处油菜腹地进行细致观察，还是站在高山上倾情瞭望，这儿的一水、一草、一牛、一羊、一花，都是与宇宙的对话，对天地的回馈。

# 九

把草原还给草原，把牛羊还给牛羊，把蒙古包还给蒙古包，把白骨还给土地，把灵魂还给家乡。

在河流的记忆里，战火只能在内部燃烧。

在山川的字典里，侵略不会有好结局。

如果对方强制性点燃战火，用侵略和奴役，破坏这里平静的生活，休怪他们启用与生俱来的勇猛善战精神，拿起蒙古刀，把对方蛮横的手脚砍断。

经过多场血战，成千上万根白骨在荒野，遭受日晒雨淋，却不被辨认记载。

于是，亲人们商议，向地底挖下数尺巨坑，安葬这些正义无畏的魂魄，并耸起一座白塔。

几十年前，他们挖下地道，给红军运输粮食。与敌人交战，用血肉之躯代替枪支弹药，从未喊一声痛。

前赴后继，用肉体丈量草原的长宽度。即使倒下，也要保证这片土地更加坚实。

而现在，我们都不说悲苦和鲜血，抬头望望神剑白塔，保持青烟漫漫。

在每年的七八月份，来一趟敖包山，在塔尔吉林寺、万佛寺、白塔前一一祭拜。

口里默念：四方安宁祥和。

司念，1988 年 7 月生于安徽，现居北京，文学博士。作品先后发表于《扬子江》《星星》《诗潮》《中国诗人》《诗选刊》《散文诗》等刊物，诗歌入选多种年选，参加第 17 届全国散文诗笔会。

# 一条河的春天（组章）

青花

## 放　飞

你破冰寒而来。

一袭绿袍，一阕阳春曲，在草长莺飞的时令里。

我听见你的笛音吹响，缠绕着朝阳落日如胶似漆。春哨波及山野乡村，有星星渔火愈发明亮。

把磨难粉碎，阴霾埋葬，清水出芙蓉，就以圣洁之心捧出舍利。

把枯墨暖润，留给湖笔一片疆域，笔墨鞭打传奇。

我放飞一只只雄鹰，让它们高高飞过天空。而后在桃花树林，品一朵一朵细腻的嫩粉，寂寞和喧闹都是美的。

北国的春天绿染江河，不说陈年旧事，脱臼的骨骼，我盛满热血的身体在春天多了棉质锐气。

我已将我的小孩喂养成套马的汉子，我已将最深的精神额度，通过春天之叶烙上余生的笃定。

把自己放飞，就像飞鸟鱼虫，逾越黎明前的忧伤，抹去曾经的污垢，在尘世的春天从容赶路，在诗歌的宝典坦然面对生老病死。

因为爱，就愈爱彼此摇晃的身魂，就愈爱滋长的无比骄傲的心。

因为有你，我才放飞被下的咒语，我才成为完整春天的灵鸽，恭迎有你的植被和明天。

# 一条河的春天

一条河从诗经流过，她是我的血脉，谁能触摸她饱胀的汹涌和澎湃？
一条河在月光下，如丝绸般光滑细柔。
只为你倒叙春天。

是风，狂吻春之狂澜；是雨，吮吸大地皲裂。
是闪电，箭一样射入她的身体，融化她荒芜的山谷和树林。
哦，一把利剑，荡漾着一条河的春天。
一剑封喉。诱发春天的嫩芽蠢蠢欲动，挣脱痴念妄想，就在此刻见证一条河春天的嘶吼，荡漾的血流和骨孔的喘息。

一条河在春天的走廊，挣脱冰封雪谷，绕过黑暗徘徊，忧郁，彷徨。
锁住春天的门，打开命运的河床，决堤的欲望。
她在剑锋上行走，一条河流的春天，是她御用的箭镞，反复砥砺，撼动燃烧的九曲柔肠。

一浪高过一浪，每一滴都是咒语，是她命门的封条。
渴望，撞击，闪电，腾空。
每一滴都是狂野的奔走，每一滴都是醉癫的颤抖，如同爱人潮湿的呼吸。

# 春天的回答

春天从我的梦境里发芽，绿色的梦，澄澈的流水。
我喜欢春天的素雅、干净，像我泼墨的水波纹无暇寡淡。我愿意与之娓娓诉说，也愿意打开心弦上开放的花朵。

窗外雨丝袅袅。想起咖啡屋、商场酒吧，我早已与俗世隔离，一个女子跋山涉水的孤行。

心一直就在春天的呼吸之上，裹着爱人的呼吸，和即将开花的心跳。

把目光伸向远方，延伸到缀满花苞的林荫道旁，春天流离的眼波。

一瓣瓣清词从春天的唇角吐出，像火焰，更像点燃我的柴扉，我想说，潮湿的春天极美，甚至她的哀愁也弥漫神谕。

春天是我在人世间的一道符，要用极微细的针脚来缝补符上的福。

春天是我种在人世间的神话，要用雨水、彩虹、素心喂养。

哦，小雪也在春天的身子里喊，等等。小雪消融桃花醉开。

# 春天的献词

一滴露，一朵花。

在春天，在江南，在江北，我们生出柔软，澄明的世界。

追随春天，一路轻装上路，拨开黑夜的颠簸艰辛，远方的青衫旅人跋山涉水而来。

就这样捧出花露，以杨柳的婀娜恭迎你。

然，让我以卑微的执念守候。

花团锦簇的春天啊，来吧，在这里安魂。我凸凹不平的山路上，有一匹小马驹驮着岁月，扬蹄舞春。

一个温暖的名字与春天一起狂奔，春信桃花，风帆诗盅，让我们邂逅重逢的盛宴。

星斗弥天，月牙多么像我的碧玉簪！我鏖战的小英雄手持宝剑，恰好从长亭短亭策马赶来。

有一声春哨先于时令抵达。裹缠红福，因为你是我的春天，所以，我就是那春天灵符，我在人世间践行至死不渝。

# 邂　逅

河畔，桃花不知疲倦酝酿甜美的诗行。

依稀恍若。

我在每个晨曦暮晚吟诵心经，我在寂静的夜幕中抱着你的气息，与黑暗的河流对抗。

心静如水，一次一次来到春天的栅栏。

我擦拭伤疤。

我尝试成为春天最明亮的事物，揭穿万象之蛊，拒绝利欲熏心和绞尽脑汁的诱惑，慢下来，再慢下来。

我是水仙花的花魂，潜心修成倾城绝代。

心中一直憧憬一匹狮子鬃。时常来我的梦里，一起奔赴春天遁形相爱的身影。

落英缤纷，水草鲜美。

河水涓流承载小舟，心神摇晃的夜啊！我轻轻屏住呼吸，裹住一颗将要开花的心跳。

在你的身体里，修筑一座神秘的花园。

在你的身体里，迷途不知返，哦！春天的汹涌忽远忽近。

万物静然。

我以一笑嫣然回馈春天，惊艳一场盛大的邂逅。

青花，原名金越，辽宁省作家协会会员，作品散见于《散文诗》《伊犁晚报》《诗潮》《星星》《香稻诗报》《上海诗人》等。

# 童年的韵脚 (组章)

子秋

## 绣花妈妈

捻着一根细银针，轻巧雅韵。用呼吸去丈量和钉补那一洞一洞的小梅花。妈妈，是丝线中走出来的梅花女子。

斜倚梅树，梅影梅红卿卿我我。

洗了又洗，一双白净的手，与白锦缎相抚。绣出来的是梅红娘，还是一颗冰清玉洁的心？

——绣花针。绣娘。是童年深处，老家木格子窗内一帧生动的剪影。

## 镂花橱

像小时候的我，用卷笔刀卷铅笔一样，爸爸在童年的屋内卷出了一件又一件精致的家具。

粗线勾勒，工笔细描，条条痕痕，均凝聚和彰显着一颗爱家护家之心。

我们像三只刚出窝的鸡雏儿，这儿啄啄，那儿亲亲，爱不够这一幅幅橱柜门上、抽屉外的小花小草、小鸡小鸭，它们是我们安闲、听话的好伙伴。

父亲，自然成了我那时最初崇拜的大画家。

## 油布伞·小花伞

油布伞，我和姐姐风雨顶戴的天空。

一束束光线雨不依不饶地投入小天窗。油布伞下，我和姐姐抱成一团。

油布伞上开小花，油布伞下冒小芽。

爱是我们贴心的话语，粗糙漏雨的油布伞，也奈何不了我们。

妹妹是妈妈刚买来的小花伞。油布伞呵护成的小天使。

雨，或阳，小花伞开成妹妹娇嫩的小脸蛋。

一滴一滴雨珠，或阳光，将妹妹温润成亭亭玉立的大姑娘。

那一年，姐妹仨长大。油布伞、小花伞老了。藏在了记忆深处。

油布伞，成了老家的一件古董。


# 煤油灯

豆。微弱的灯光。影子在岁月的窄缝里晃动不安。墙壁上斑斑驳驳，像上演着皮影戏。

添油，装芯，明亮和拓宽了整间小屋。

年少，如豆灯辉下，一字一句书写"离离原上草，一岁一枯荣"，而妈妈手里提着的那盏煤油灯，是喂养我"野火烧不尽，春风吹又生"的心灵之灯么？是"慈母手中线，游子身上衣"的叮咛么？

用灯和知识一起喂养我们长大。如豆的灯辉，绝对不是贫穷的代名词。

灯芯是母亲目光深处生长出的希冀和情怀。

年少的煤油灯永不停歇。如母亲的爱恋。


# 棉布鞋

布。糨糊。针。线。剪。

画样。

一朵花绣在画纸上了。母亲的咳嗽声，一声紧似一声。针线里翻转。哆嗦。

装裱。

小船儿尖尖。船里坐的可是你心爱的孩儿。

母亲，是那缝制爱心的船娘。

撑着这样的小船儿，幸福，走四方。


## 篱笆墙

像一位忠实的仆人，日夜守候着我们的家园。

不说话，只是用拦阻的方式，呵护着后院那些葱葱嫩嫩的小苗儿。

鸡们，傻了。干瞪着眼，远远张望。

墙外墙内，篱笆是母亲用情构筑并浇灌的一片爱心么？

我们，就是那嫩绿绿的小青菜儿。

面对如此的篱笆。鸡们岂敢造次。

子秋，原名张丽萍。浙江台州黄岩人士。作品散见于《岁月》《华夏散文》《散文诗》《星星》《星河》《散文诗作家》《散文诗世界》等刊物。已出版《对悟空山》。有部分文章收入书籍和年选。曾获池幼章文学奖、全国散文诗·茶奖、全国地理散文二等奖等。

# 温度、琴瑟与流年 (组章)

史枫

## 温 度

1

烟火贯穿一生，将温度与生灵契合，弥散人生的长河。

生命的火把，点燃星辰和命运，隐匿在浩瀚的宇宙。

坠落、初生和啼哭，被打开的生命，赤条条地张望，寻找生长的土壤和空气。

那个曾经明艳的光源，渐行渐远，像隐没的源头，回到原初。

而生命的本质便是匍匐人间，继而行走，将虚幻和现实不断地打量和比较，向着光明的方向远行。

圆满，也许是人间最美的胜景，她一定携带着微光和诗意，引领生命走向远方。

而大多时候，月是阴缺，风声伴着鹤唳，把疏冷的情绪注入人间。

倚窗或是灯下，橘色的温暖，和书本的静谧，是另一个生命的繁衍。

甘愿低头俯首，沉浸不能自拔。在力透纸背的文字中，寻找精神的故里。

2

世间圆满，如高高在上的神祇，不能轻易垂手而得。

并像一切攀援向上的事物，经过艰难，到达一个顶点，带着灼热温度，发出耀眼的光芒。

而梦在灵魂深处，经常携带着恍惚，经过雨意的萌发，会嬗变出耀眼的彩虹。

行路之人，摩肩接踵，熟悉和陌生，在一刹那改变际遇。高于命运的安排，和低于生活的遭遇，让人间万物各自找到轮回的结点。

圆满，便是跨过一条长河，在对岸的目光之处，找到寻觅已久的心仪。

是一簇流星里，包裹着的许愿星辰。是久违的期盼。是倦怠时，想静卧的温柔梦。

而我眼中的圆满，是精神的高韬丰意，永远保持着足够温度，和缺憾一起，存在于生命的皱褶和纹理中。


3

红装和绿影，是时光的点拨，在时间的长河里，追逐出风清柳意的盛景。

我们曾经年轻，像一只不谙世事的小鸟，清浅地飞翔。在枝头，在河岸，在喧嚣的尘世间。我们的轨迹在市井的天窗之口，成了激情的殷红。

那时的懵懂和矫情，浅薄与无知，与四季的风轻云淡，交织成粗狂的线条。

那是高于生活的碰撞，在长长的道路上，迈着深浅不知的脚印，深陷未知的矿井。

苦难和黑暗，是最好的老师。

曾经伸出无数次手，张望无助的眼神，向天空，向大地，向依然行走的尘世，求解生活的真相和未知的出路。

那时的生命温度，是低于体温的颤抖，是濒临灰色的残喘。


4

命运的颜色，是否可以改写？殷红、暮霭，以及黑灰色的烟烬。

是世间的生冷，击碎美好的容颜？是暗藏激流，摧毁斑斓的自然？

一朵花和一株生物，是否会在不变的距离里，生姿摇曳，改变世界的景观。

而一片生息地的繁衍，烟火的重生，是否能把荒原和贫瘠，再造成人间繁华。

这时的温度，一定会热烈向上，带着人性真善的原初，让惊喜和感慨，绽放出不俗的烟花。

5

救赎自我，从来都是靠本我意识。靠天地间苦难的拷问，靠自然的聆听，靠生命深处生生不息的律动。

我仿佛在时间面前，拉长生命的韧度，用来抗争命运的安排。

没有供词，没有情节，没有丝丝相扣的怜悯。只有过程、结果和承受。

我在受难生活的同时，嬗变成 37 度女人。不温不火，像一湾宁静的河水。像一堵没有诉求的墙。

为孩子遮风挡雨，也为自己阻挡一切不合时宜的遭遇。

山水未变，四季还在轮回。我捡拾生活的无常，倾听内心的呼唤。

不随风云而变，不随雨雪而逃。就坐在天地之间，成为不随风而舞的一块石头。

# 琴 瑟

他山有石，嫣红别样。清风徐徐，暗藏洞天风景。

不能明火执仗，也不能晦涩俯首。应端坐莲台，口对于心，心静如水。

将天地物语参透，用洗练的文字，道出世间灵魂之所在。

我思故我在。走在通往人间美景的崎岖山路，饮露的水，吹远的风，受深的痛。

痛定之后，与万物和解，与生灵对视。

此时，你的魂魄游于仙台，将肉身的俗气，抛于低谷，我们交汇于路转峰回之处。

相挽前行，八千里路云和月，是我们梦中的启程。

高擎峰峦的气象，坐看深远的蜿蜒。沉沦和自拔，有谁像梦的华衣，除却了往常的青涩。

千年的词典，是我们坐拥的河山。将旧时炊烟，遥看成世景。我们如常的进出，用一生的恬淡，涂抹出水墨的图画。

穿越生活的流沙，我们用点滴的汗水，温润内心的期盼。

有多少次星移斗转，牵动前行的方向，夯实脚下纤柔的步伐。

没有高悬明月，也没有失语江山。就在线装的文字里翔泳，就把时间还给时间，在失去中寻找，在现实中返回永恒。

我们彼此参照，借暗夜里的灯火，读出对方的心脉。借黎明前的晨辉，一起跨越暗夜的沉浮。借词语的温度，在对方闪亮的眼眸里，看到诗和理想，以及远方。

我们在彼此的耳畔吟唱，风的轻柔，流水的观照。参悟生命的残缺，在一生的文字里，道出独自的心语。

不需金钱和纽带，也不需虚伪和矫饰。

我们寄居在性灵的山水之间，一声鸟鸣，一曲流水，便是心之感应，便是在这人间的琴瑟之合。

# 流 年

1

莅临是一种仪式和抒情，如视野里的如常，掠过时间的表面。而植耕的注解，如蓄积已久的谋略，盘根错节地纵深。

年的抵达，让万物成为载体，让年关的钟声在除夕凌晨响起。

声声入耳，仿佛抚尽沧桑。

而我毫无刻意之念，盛装或是素颜，也许会一念萌生。只想沐浴它涌动的热潮，顺其自然相拥。

一切随情而意，没有涕零和感恩。发上的雪，映衬菲薄的光阴。主宰或救世主，只是沉浮在幻境里。我们放下心中所想，提起的仿佛是旧时朝歌。

乡村辽阔与荒芜并存，鸟兽和虫鸣渐少。

怀乡的人，让蛾眉的远方，打上了小小折扣。

岁月布下迷宫，而我并没有走失。

踏着逐年的轮回，在时光密集的书写中，找到了自己的命定，并将其稀释成河，独自聆听它日夜流淌的玄音。

窗外，此时没有雪景，也没有流岚。只有风声伴着寂静的夜，在修复白昼的伤痛。

没有什么风景可以移步房间。我已习惯用孤独的颜色，织补生活的面貌。用残缺的际遇，书写人生的基调。

但愿一生的雪缓慢而下，洁白无瑕，静谧无声。


2

而年的莅临和植耕，把更多的人带入情感的皈依。

就如，站台上的人潮，期盼的眼眸，无奈的苦等，疲惫的小憩，都把年和回家的路，与内心积攒的情感紧紧相连。

那是一条长长的路，穿过风声和寒冷。让你放下所有的杂念，义无反顾地踏上归程。让许久的漂泊和辛苦，得到瞬间的释放。

年，有好多诠释。而它更像征程，是你不顾风险，以身自践的标尺。是诸多人生的小结，放牧在世间的羊群。

它是星月布下的斑斓，在你灰暗时的心头，点亮的灯盏。它是一抹晨曦，消散昨日的疲惫，陪伴你重新开始。

它是终点，更是另一个新的起点。

是长长的铁轨，是久违的等候。

是家人翘首的期盼，是双亲额上的白雪。是一个相拥，是两行清泪，是一桌酒席，更是行囊里的礼物，把相隔的亲人，聚首相依。

年，就是各自安好，在岁月的奔波中，心头珍藏的祝福。

是相册里的合影，在泛黄的底色上，你浅浅的微笑，和我们轻挽的双手。


3

而我更多时候，不想打破沉默。也不想让一种盲目的狂欢，充当假意的浅笑。

不想让盛装的红色，掩盖苍白的肌肤。

告别或是泅渡，都是自我的定位和更新。

既然天生是流泪的潮汐，那就别做沉稳的山石。既然生而为人，就不能沦为昙花和流星。让肩上的负重，在喘息的行走中，不发出乞怜的声音。

　　你与我同行吗？在通向未知的桥梁，迷茫的道路，和无数幻想的光环中。

　　我们刹那间的交汇，是目光的打量，是灵魂的发散，是逐渐靠近后的永远疏离。

　　这就是年的诠释，起伏不定，却又像流沙穿过指尖，让我们在得失的考量中体味人生。


　　4

　　年，经过岁月的打磨，又一次越过门楣，像燃烧的火焰，款款走来。

　　它不需涂抹，也不需夸张。它是一脉相承的传统，在必要的轮回中扮演起承转合的角色。

　　我们在它龙吟般的奏响里，丰衣足食，让一种气象，荡涤尘埃。

　　我们在寂静中守望，用目光劈开云雾，用激情化解沉疴，用一年的希冀，默数得失的际遇。

　　风会改变模样吗，但它会用多变的表情，述说一条河流的走向。

　　用微凉的口吻，叙述时光的行走，怎样与尘世达成共识，让阳光下的事物，各自成章，呈现在波澜起伏的交响里。

　　这是没有主角的奏章。因为，人人住在年里，成为彼此的参照，成为春天的守望者。让洗礼的鞭炮声，沦陷过往的缺憾。

　　但，谁也阻挡不了，人们在年后又迫不及待地继续行走。像旋转的陀螺，攥紧生计，停歇不下脚步的延伸。

　　年又像飘扬的经幡，有不尽的暗语，道破红尘真谛。


　　史枫，本名史凤英。作品散见于《散文选刊》《诗选刊》《飞天》《中国诗歌》《诗歌月刊》《星星诗刊》等几十种报刊。并入选国内多个选本。出版有诗集《时光深处》，散文集《记忆里开花》，散文诗合集《林中对吟》。

# 澎湃 （组章）

那女

## 与小虫共舞

夜半，不肯入睡，捡拾漏掉的脚印，打包，微笑着听它们转身。

努力做到淡定，却总被淡定否定。命运的优等生，面对布道者的提问，擎起的手悬于半空。角落里传来丝丝的窃笑，即使肢骸布满了铁棘，铁棘也惭愧得弯曲。

暗流围袭，占据了明媚的生长。伸出手，企图抓住最后的稻草，却发现稻草是如此的飘摇。扎紧沉默，沉默的压迫，灯火于高楼之后，温暖而灼灼。

苦难的句子织成了骗局，痛苦了就痛苦了，悲哀就悲哀了，既然不想让生命浮光掠影，巨人的花园就不能拒绝藤蔓。

一些小虫飞过来，点在恬淡的页面上，兴奋地翻着筋斗，迅速地打着旋儿，直到把自己弄得晕头转向，连翅尖儿也忘了运用。这些微小的个体，朝生而暮毙。但它们恣意着，张扬着，享受着两点之间的短线，无声，却有清脆尖锐的歌唱，高高低低。

铺展着书，不读，与小虫共舞。

## 流过一片一片的天

内心微微作痛的结，将大把的神经甩得干燥无力。

我有些融化，但还坚持着耸立的姿势。海鸟们的迷途，总是与无枝可栖有关。

自从很默契地成为歧路，便佯扮做异常冷酷的样子。

将本质瓜分豆剖后，我们确是流光里的知己。就那么精准地不再互道问候，就那么自然地戴上堂皇的面具。于是，决然捏碎过河的念想，唯恐摘不到对岸的鲜果，却早已折身下船。

实践一份赴汤蹈火，完美一份风雨倾城，谁是谁的牧师，谁又是谁的天使？

星星沉没的空洞，早已被爱情破坏了生态平衡。

泠泠的天空，月牙弯弯的，带着伤痛；流沙漫漫，掠过心间。

一阵微风，回归原程，只留一座参差不齐的孤城。

幸好，时光飞翔，今夜安宁。

存在有许多的晴明，也有太多的块垒，循环所欲，就像一朵一朵的云，流过一片一片的天。

放晴，泥泞的路上继续欣赏风景。


## 因为你与我相同

那一天，你带来荷塘月色。

我瘦硬的生活开始冰解雪融，波色粼粼。于是，你成了我壮阔的江山。

夏天已是容盛颜丰，次第开放的花已没有秘密可言。然而，再鲜艳终究也会寡淡，这样说，是不是能够修补一点信誓旦旦的罅隙？

时间很短，短得像一声叹息；

天空很蓝，蓝得却很孤单。

我是你的琴键，这戛然而止的尾音可有深深的内涵么？

骗过千锤百炼的自己很多次了，波心仍迤迤逦逦地生长藤蔓，向最枯黄的地方攀延。

生动的影像都被撕成碎片，散在风中，一瓣一瓣。我捡不回来了，只有你唱的《千纸鹤》化为绕指之柔。

我痛，你懂。因为你与我相同。

## 与阳光共完美

阳光完美，满墙都是金亮金响。

呼吸四处飘溢，肌肤热度蓬生。

我爱灵性饱满的光明，像我爱豁朗不拘的爱情。

一个快乐的疯子，将木地板擦得干干净净。干干净净就是禅宗，就是乐趣丛生。

所有恶毒的暗物质都贬回深渊。我的岸边容盛颜丰，不需要酒精，一边涂抹，一边狰狞。

年又来。

鞭炮声揪扯天空的四角，连绵抖荡着一块巨大的绸布，绸布上写着诗，描着画，还跃动着喜气洋洋的经营。的确是与往日的庸碌或寡淡不同了，恰好周身解放，恰好平川沃野。

微信排闼而至，倏地有一种抱着大垄大垄的玉米笑嘻嘻拍照的兴奋。

杜绝沉没。即使孤岛，亦有海水的款款。

相信正入万山的铺垫是一种福祉，一种铭心刻骨的美丽，一种别具匠心的起航。

黑色的雾，白色的雾，还是有的。但今天怎能无视这美轮美奂的阳光？

# 留下泪，放心晴

夜，雨沉闷而无助地滴落，像浮动的天堂被挤堕的天使。

远远的路灯排成狭长的巫语；暗云杂糅，烟蒸雾腾。

春天与夏天都盲目了，还错误地坐等萧萧的秋风，很多无意的排置竟是如此的不可违逆。

再华丽的文章，也会有句点，句点负了悲壮，掷地有声。

逝去的秒针里，阔绰地抛掉了大把大把的人生资本。细细揪扯：曾经的磨刀试枪，曾经的阴阳计算，完全老了心情，碎了亲情。

彻底放弃吧！自由吧！可以将心灵的告白扔得到处都是；可以甩开包裹，任意东西。

长痛不如短痛，是的！

雨依然若有所思地滴落着，像没有精心排版的文字。

把泪掖起来，让心放晴。

那女，原名孙玉荣，1976 年出生，河北沧州人，中学教师。作品见于《绿风》《星星》《诗潮》《诗选刊》《散文诗》《中国诗歌》《散文选刊》《北方作家》《四川文学》《散文诗世界》《中国诗人》《伊犁晚报》等报刊。参加 2017 年《读者》首届读者大会。参加第 17 届全国散文诗笔会。

SCULPTURE
**POETRY APPRECIATION**

**白芳芳**

　　诗人、画家。现居西安，诗歌作品见于《星星》《诗选刊》《延河》《安徽文学》等，入选多种年度选本。数次获奖。绘画作品多次在国内参展。曾做过财务工作、报社记者、诗歌杂志编辑、作协副主席，现自由写诗画画，终南女诗人油画院组建成员。

# 诗画修行随录

白芳芳

看到一款新手机广告：薄到没有朋友。这薄，是内在的求精纯度的薄，还是内部神经的薄？

好像说的不是手机，而是我，或者是更多孤独的诗歌绘画创作者。

米开朗琪罗曾用整整四年在采石场采集石材；陈忠实一个人在乡下住了七年半，创作出《白鹿原》；路遥一个人在矿区创作五年半，《平凡的世界》问世。艺术创作是一个笃定持久的选择，真的需要我们沉下心来，守住寂寞。

在绘画中，每一幅画都有一个"忽然某一天"，忽然某一天，原创时的疲惫感消失了，再慎重地站在作品前，考虑哪个部位需要完善。油画的最大好处是，可以任意修改，覆盖，完善。真好，恒久耐心更重要。

修行，咋修，拿刀子修，斧正雕塑自己？对，没错。

需要提醒的是，修行，有时候是一把伪善的刀，把自己的模样和口才修剪得又单纯又可爱，于是常常忘记了，灵魂依然未被解救，沦陷在某个黑暗的角落，像心机复杂的蠢蠢欲动的魔。

艺术的天才就是天才，先保留自己的独特天分、自信和个性，在此基础上加以持之以恒地学习和提升，比如刚出道的原生态的王二妮、朱

之文、草帽姐。

　　理想的生活是足不出户，争分夺秒地畅游于诗歌和绘画，让作品告诉这个人世，我沉默但不孤独。事实是，我差不多有五年时间关门闭户足不出户，在读书，在写作，在画画。有时候一个人的世界很辽阔，创作颇有收获，但常常，孤独得什么也不能做，拿起手机也找不到一个可以说话的人。

　　不要陷入爱情，它会葬送一个有天分女子的才华。然而事实是，有天分或者才华的女子，往往心气高加完美主义，很难维持一段哪怕稍持久的恋爱。孤独常常，或者孤绝常常，就只好时时用日记勉励自己：去读书和做事，修一份安静而纯洁的气质和品格，不去追求但期待那个彼此会恍如初见的人的到来。

　　偶尔调节精神和状态的一个方式，就是在电脑里看电影，各种艺术家传记，在里面找到交流、共鸣和鼓励。伊朗电影我非常喜欢，因为主人翁真实真挚的感情诠释，这一点和文字绘画共通。

　　夜幕垂帘时，蝉鸣在枝梢间打开，它的聒噪是我能够忍受的，就像很多无常出现的灾难。我相信它在昭告即将结束的暑热，我相信希望和未来。

　　画和诗可否兼顾？答：一定可以，习惯就好。

算不算一心二用？答：不算，相通相融。

动力是什么？答：爱和喜欢。指诗和画，也指自己，也指活着，也指所爱的人。

一个人诗歌的局限和低劣，很大原因，是因为她的人生境界格局没有达到，我自己就属于这个。我写诗先于绘画，却从绘画彻底认识和打开自己。一直在等突然的一天，暂放画笔，好好让诗歌入驻我生命的重要席位，唯余诗、画和自己，三者缺一不可。

曾经，自己就是一条食人鱼，在生存的河水里，混乱地求生，撕咬侵犯，撕咬轻慢，撕咬憎，同样撕咬爱。后来退隐写诗画画，一面为自己包扎伤口，一面做忏悔和自我修行，以免有一天去见上帝的路上，被曾经的同类报复和撕咬，灵魂不能安宁和完整。

做一个骨子里安静的人，不晒，不张扬。沉默的人，能量不容易外泄，天才之资暗涌。上帝，你看她现在一面找到了自己，一面从骨子里善解人意，宽容，大气，脱俗，无是无非。

只有静，才能听到自己，并关照他人。

人生，就跟种庄稼种水果一样，种什么才能收什么，如果你写诗画画，也同样懂。

敬畏之心，永远不要和任何人说"我是画家""我是诗人""我是画画的"，讷于言是一种能量储存。

在你深刻的苦难里，体会他人经历苦难之后深刻的精神大悟与强大。原来苦难都只是自己和自己过不去。

和年轻人说话，要忌讳任何故作的深奥、渊博、高深、沉稳、说教，中年人要防范世故，老年人要防范腐朽，腐朽在这里主要指精神和思想，特别是从事艺术创作的特殊人群。

拖地，做饭，听音乐，这是我最通常的调节方式，之后焚香，沏茶，画画。今天不完成这幅画，就对不住这静好的岁月，一切美意。（当然有时候情绪不佳我也会这么想：不争分夺秒出作品，又如何对得住这一天天苍白了的岁月与容颜？）

贫困和低微，是对非凡者的另一种成就，一种彻底，一种机会，一种勇气。比如于连，画画以后我在电脑里把《红与黑》又看过三遍。

从未像这个晚饭前这么安静地读几个女人的诗，都是我身边的女友，有才华，安静，潜心，专注，有境界有心胸。服！这个世界上，每种性格都各有其优，没有谁是平庸的，你要用心去审其美。

喜欢降央卓玛，她每每以一个歌者的脚步安静地站上舞台，眼不见灯火，耳不闻掌声，她闭目朝圣，只让歌声飞，飞进自己的、观众的、心中圣佛的灵魂。不狂热，恰恰是为了不毁灭和失去，我在这里比照我自己。

坚守诗、画，和自己。若守不住自己，这个世界上就没有自己了。

对于一个写作、画画、内修的人来说，任何与人或事件的遇见，都是一场顿悟，和提升改变。比如邻里，比如网络，比如文友，比如亲戚，比如友善，和不友善。

一些当下要适时做减法，一些过往要适时清零。耐心，静心和爱心，这是绘画和诗歌能走多远的决定性前提。意境之美，语言之美，情绪之美，自我满足之美，自我提升，自我治愈，自我发现。一面修艺，一面修心。

不安是转变的前兆，心怯是进步的征兆。艺术创作会有很多调整瞬间或者阶段，任何状态不佳皆是一次提升前的调整。

创作中的女人，必须纯洁，专一，哪怕受委屈。只有这样，你的灵魂才能高贵，才能是一个有信仰并创作出有信仰的作品的人。

# 山的那边是海 (组诗)

白芳芳

## 这人世间　只行走着一个我

我故土难离啊
哪怕是倾塌的家园掩埋了的孤魂

风暴正要降临的时候
你来园子的围墙小径找我　那时
上帝这个慈善的老人　正拿起扫把
赶走天上所有的绵羊　和地上
所有的白眼仁

乌云把世界仔细涂抹得清一色　安静又单纯
此刻的人世间　只行走着一个我
多么安全和辽阔　有几滴雨
开始轻轻洒落

## 空　寂

我现实的门高贵地关闭着
你凝神静好的岁月落了又升　升了又落
只在梦中　你把自己抛掷进青春
那虚幻和疑惑　如一只蜗牛的迟缓沉默

你把自己丢进无声
看世界于窗外如梭穿过
钥匙丢过　日记丢过　它们曾经被你
遗忘在梦的那个拐角

现在　登访者
随梦一同离去　你依然空寂地
坐在空寂里　如同日记里的那些秘密

## 山的那边是海

搬掉所有途径的石头
将它们拦截于　所有世俗功利的路口
拦截所有　对于某种不安的不安
让一条清澈纯净的河流
回到森林深处

在河畔的那棵桂花树下
我们停住本就慢而又慢的脚步
弯浓的深眉　清隽的鼻梁　紧抿的双唇微启成丘
儒雅干练　和优雅从容同时迈步
诚恳深邃的眸子打开灵魂和生命

这里人迹稀少
天色渐渐入暮
山的那边是海啊　海的那边是山
我们静静地走着
多么美好的去处

## 我已非我

我已非我
一个在人间散着步的地狱里的灵魂
喜欢黑暗和寂静　偶尔发愣时
会翻出白多黑少的惊悚眼仁
有忧伤但不言
欲哭而无泪
不奢望不期望也不失望

我有我的自由和愿望
有我清幽的小径和扑面的花香
有花树下私语的小猫咪
有安谧的梦境
喜欢梦境里那个默默爱着却不善言说的人

## 翻一个身

旧年的隐喻
忽然在梦醒前剧烈地摇晃
仿佛一只浅薄而俗气的玻璃杯
欲将两只脚分别踩上　　虚无和幻想

失眠　　是结痂的伤口再次失血
喷涌撕裂的疼痛
隐寂又跳跃

翻一个身
花园依旧在上帝的掌心入睡
黑暗是一面镜子
它专事安置一只猫的灵魂

煮酒

POETRY APPRECIATION
*wine-warming*

**林莉**

中国作家协会会员
出版诗集《在尘埃之上》
（21 世纪文学之星 2010 卷）
《孤独在唱歌》
获 2010 年度华文青年诗人奖
2014 江西年度诗人奖等
曾参加诗刊社 24 届"青春诗会"
曾就读于鲁迅文学院第 18 届
中青年高级研修班

**周簌**

本名周娟娟
曾用笔名如月之月
1984 年生，江西崇仁县人
国家执业药师，中医师
诗作散见《诗刊》《诗探索》
《诗潮》《星星》《解放军文艺》
《扬子江》《中国诗歌》等
入选《中国诗歌精选》
《中国年度诗歌》等选本
著有《本草纲目诗 101 味》等
获第八届诗探索·中国红高粱诗奖
现居江西赣州

# 彼此亲密，彼此疏离
## 周簌 VS 林莉

**周簌**：您给人的印象总是安静而谦逊，有一句话说：诗如其人。您觉得诗歌作品与个人气质有必然联系吗？一个安静谦逊的诗人，会给作品带来怎样的脉络和气韵？

**林莉**：少时多病，父亲常带我四处求医问药，以至我性情木讷、笨拙，每每家中来了客人，总是远远地回避。父亲便给我订了一些书籍，让我消磨时光。至年长，也并未学到更多与人打交道的艺术。我更愿意在无我无他的世界里，看天慢慢黑了，"大海爬上来／巨大的蜘蛛拥抱岩石／山峦的褐色伤疤闪闪发光／……万物皆神"（帕斯）

我喜欢安静中的这些干净而简单的时光，它让我慢慢变得开阔、澄明。有足够的力量去梳理、重整更长久以来的内心秩序，"向一生不可多得的喜爱靠近，寻求那消失或尚未出现的东西"。

至虚极，守静笃。这种安静、淡定蔓延到诗里，有光，有力量，有浅浅的喜悦和慈悲。含着洁净的愿望行走在时间深处。

**周簌**：您曾参加诗刊社 24 届"青春诗会"，获得 2010 年度华文青年诗人奖，您觉得诗歌改变了您的生活方式吗？诗歌给您的现实生活带来怎样的变化和影响？

**林莉**：写诗之前我做着现在的工作，之后，我依然在这个单位上班。工作、生活、诗，它们构成我人生的一部分，彼此独立，但又密不可分。生活是日日新鲜的，诗歌当然也是。每一天都有不同的美妙、惊喜甚至眼泪。如果说有改变的话，那就是我获得了一个更神秘的世界，信仰以及喜爱。

**周簌**：每一个诗人的写作生涯都会经历几个阶段，您的诗歌生涯可以分为哪几个阶段？各个阶段的代表作有哪一些？

**林莉**：我个人写作历程很简单，从开始的诗歌写作到现在的持续诗歌创作，是一条探索如何提供一种"向读到它的人展示出一个使其更热情的空间"的诗歌文本的追寻之路。

2004 年参加江西省第二届谷雨诗歌节，开始写诗，2005 年组诗《一个人的行程》16 首第一次在《人民文学》第十期发表后，从单纯的无意识的诗歌写作，慢慢向有思考、有担当、有考量、有创造的创作靠近。2008 年 11 月参加了诗刊社第 24 届"青春诗会"，期间创作的组诗《到一座小镇去》，形成我的"小镇系列"的诗学审美和诗学情趣价值判断。2009 年我尝试打破传统的以乡土人文文化为背景的地域写作，不落入单纯的地方志叙述或描摹。写下组诗《在梦霜的大地上醒来》组诗 48 首，在《诗歌月刊》头条发表。随后写以异域风物、人情、底层生活现状为主题的组诗《盐津巴布》系列和组诗《高原》系列，转向通过意象的陌生化、零度叙述来洞悉或揭示人们命运以及现实处境的写作。2015 年诗集《孤独在唱歌》出版。在这里地理上的故乡和精神上的故乡结合贯通，成为我永恒的皈依地。

我更多的诗还是倾心于和自然万物交谈，谛听来自灵魂的渴求和召唤。我的第一本诗集《尘埃之上》是我早期诗歌的一个汇总。语言相对干净、简洁，情感纯粹。题材主要为自然、爱、故乡、远方等。至 2012 年在鲁迅文学院就读第 18 届中青年作家高级研修班期间，我重新审视和梳理了自己的诗学认识，通过丰富系统的文学理论知识充电，培育、修正自己文学积累、素养、信仰、储备，恢复诗歌的纯粹性和清澈性。

**周簌**：您最近在读哪些书？可以和大家分享一下吗？对于诗人的阅读有何建议？

**林莉**：我的阅读，不一定和诗歌有关，比如《道德经》《伊索寓言》《药用植物花谱》《民间艺术》《唐宋诗词》《文明的孩子》《瓦尔登湖》《源氏物语》《万物静默如谜》《我的孤独是一座花园》《狄金森诗选》……这个书单和作家列举下去，会汇成一条河流。它们令我变得越来越有趣。一条打开的河流，流淌、飞翔、轰隆隆的，向每一个方向溅出水花来。它充盈和扩大着我的心灵疆域，赋予我对世事多变、人性人心不确定、复杂性、可能性的理解能力和参与能力。并一次次体验到风吹哪页读哪页的简单和快乐。

**周簌**：爱尔兰诗人希尼说：我写诗是为了认识自己，使黑暗发出回音。对您来说，诗歌意味着什么？

**林莉**：我记得读到希尼《个人的诗泉》这首诗时的豁然开朗。它让我顿悟写诗对我来说是一种生活方式和有趣的品德。诗意是偶然的，敏锐而丰富。需要去捕捉，感受。正在蜕皮的松树杆、草地上一株不起眼的蒲公英、池里唯一的一朵莲花和一群很小很小的游鱼等细微之物，秋风中背柴草的老妪等等，都是诗。我在它们中发现，获取，表达，呈现。变得更柔软开阔或者更坚定悲悯。

**周簌**：您如何看待诗歌写作与当下生活的关系，一个大诗人需要怎样才能做到与世界和解并保持适当的距离？

**林莉**：这种关系应该是彼此亲密，彼此疏离。时代不同了，生活内容、情感也不同，写作者应该走出来，去发现和抒写真实的生活、情感。能完整地表达自己的感情，表现丰富的社会生活，完整地展现诗人自己的复杂生活经验。"保留了生活事件的丰富性，更充分地展示了人生的'行动'与'过程'，让人生事态如'戏剧般'自我呈现和上演……促进诗人对人生和世界的多角度观察。"福楼拜这样解释文学的概念。文学要干什么，他说就是骑马出去走一趟。把整个过程的所见所闻写下来。不需要很奇特、紧张的东西。需要的只是骑一匹马出去这个动作带来的效应。

**周簌**：您觉得一首好诗的标准是什么？

**林莉**：英国作家狄兰·托马斯曾说过"一首好诗写出来后，世界就发生了某种变化"。我想优秀的诗歌是有生命力的，应该会穿越时空，对人们具有唤醒和救赎能力。对和它相遇的人来说是意外，是惊喜，是震撼，是感动，是火焰。我一直在寻求那种能直接穿越心脏，高山流水遇知音的诗歌；那种以平静、克制的语言，道出时光、生命、爱的本质，唤起我们对世界的精神力量和对现实的想象重构的诗歌；那种在日常生活状态或普通事物现象中，发现新的秘密且准确表达或揭示出来，洞悉了人类命运和现实处境的诗歌；那种真实真诚，充满幻觉和热忱，被内在生命和被语言听到的诗歌；那种和自己对话和身边的事物、天空、大地对话，从而呈现出"是直升机嗡嗡的轰鸣使大地宁静"（特朗斯特罗姆）的品质的诗歌；那种直击现实困境，揭示存在之丑，体现民生关怀，有悲悯敬畏之心，重建美的秩序的诗歌。经得起咀嚼，且能生产出千般滋味、万种风情、无限能量。直达"有那么一刻止住了混乱"（罗伯特·弗洛斯特）的魔力效应。我在乎的是它呈现了怎样已知或未知的秘密秩序和力量。犹如古老城堡上空升起的星辰闪烁，让人感到惊异，敬畏，却又忍不住热泪泉涌。

**周簌**：您觉得诗歌写作中最应该警惕什么？诗人创作过程中最大的障碍是什么？

**林莉**：妥协与坍塌是阻止一首诗诞生的利器。它像一种慢性病，消耗着你磨损着你，最后失去了疼痛的知觉。

**周簌**：您会预先制定写作计划吗？比如一个月完成多少首诗歌，还是即兴而写？

**林莉**：在写系列诗歌时会有一个目标和方向。以便找到自己的写作根系。不过很少规定自己必须写多少，诗，是一种遇见。

**周簌**：有诗人说好诗是改出来的，修改诗歌也是一种能力，您会反复修改自己的诗歌作品吗？

**林莉**：多数诗写出来，会放一段时间。回头再看，如果它依然令我欲罢不能的话，就不再调整了。事实上，我依然期待我写出的每一首诗，都会先打动我自己。

**周簌**：谈谈您发表的诗歌处女作，当时是什么样的心情？可以聊聊作品发表前后的情况吗？

**林莉**：你的这个问题，让我重新检视问询自己。2004年春天我开始写诗。那段时间应是最本质的写作开始，没有任何的其他的杂念。只有表达的需要，那种饱胀在身体里、内心里的对事物神秘的感应和疼痛。一切都在生长。我喜欢一个词语：勃勃生机。它是一种态度，更是一种方向，每一个人都需要这样的状态，去生活，去承受和忍耐。这样写了近一年，到2005年的时候一个朋友看过我的一些诗歌，鼓励我寄出去。2005年10月组诗《一个人的行程》在《人民文学》发表。我真的很幸运，在我刚刚开始诗歌之旅时，我遇见的编辑老师和朋友们就像一盏灯。我从文字里得到人和人最纯粹的情谊和温暖、感应和给予。因此我愿意忠实于内心诚实的意愿去呈现和表达。当它在某一瞬间进入到阅读者的心灵并与之呼应，那就是意义了。一直认为文字是一种灵魂的需要和引领。所以想要它多一点温热的积极的元素，即是安慰、照引。

**周篆**：据我了解，您经常和当地的一些文友、摄友一起外出赏美景，拍美照，过着诗意闲适的生活，您觉得一个诗人应该有怎样的生活观？

**林莉**：我的身边有一群志趣相投的朋友，这几年，我们常常在闲暇时一起走到山水自然中，读书，行走，时间里涌动着青草、河流、野花的气味。我被杜甫"读书秋树根"这样理想的生活形式深深撼动过。所以，我愿意把心灵推至田园式的、野趣式的从容和安宁中去。

**周篆**：《诗歌风赏》曾推出"中国当代女诗人代表作"，其中收录了您的诗歌作品《孤独与爱》，能说一说为什么以这首诗作为您的代表作，有特别的意义吗？

**林莉**：《孤独与爱》这首诗以江西境内的五大河流为脉络，这是我写作的母题。其实我试图表达的是时间、命运和爱。人性的、自然的、宇宙的。向内，考量，质询，发现和创造。我想极大限度地写出我眼中的普遍的事物。一种光明和力量，良善以及美德。向读到它的人提供一个有情义的有温度的世界。

我最早关于孤独的记忆，是我七岁的一个冬日午后。我在奶奶的房子里睡醒，四周无人，我被一种奇怪的荒凉、寂静震慑了。老房子是那种黄泥小屋，中间用一排大木板隔了出来，外面的是饭厅和灶膛。灶膛上供着灶神像。里面的是爷爷和奶奶的睡房，他们的床各自在房间的两头，房间上面是木板阁楼，奶奶把所有好吃的东西都藏在那上面。阁楼对我的童年有着巨大的诱惑。房子背靠着山，野猕猴桃熟时，它们就兀自在藤蔓上悬垂下来，小铃铛一样晃动，它们在风中发出青葱的叮铃声。我们家在村庄里算大户，26 间房子围成一个大院子，成几字形排开。几字一横的那里就是爷爷奶奶的房子，两边是我叔叔和姑姑住的房子。现在大家都搬出了老房子，过自己的生活去了。只剩下老房子守在风烛残年中。

我出生在春天，春天到来的时候大地就像一所新房，到处弥漫着一种希望的气息。还有那种不被人轻易察觉的生死交替的疼痛感也让我着迷。我写了大量的关于春天的诗歌，爱是我和世界对话的方式，我理解的爱并不局限于单一的男女情感，而是有着更广阔疆域和更辽远景致的世事万物所生产出的美好情愫。"一个省份五条河流那么辽阔的孤独与爱"里面有无尽的遐想和无穷的可能。是忠贞的永不息止的。

**周簌**：请您简述一下您的家乡对您创作方面的补给和滋养。

**林莉**：我出生叫叶坞村，又在旭日小镇生活，每天我在旭日大道上穿行，往返，一些人出现一些人消失，不为我知，与我生活在一起，密密匝匝地构成我所见所闻的生活场景。我爱着旭日大道上的香樟树、大叶杨、灰雀还有渐渐暗淡下去的天空和落日，也偶尔爱上那些擦肩而过的陌生人。它磨损了我近三十年的光阴。我时常想起叫叶坞的村庄。八岁时我就随父亲离开了它，但它毫无理由地占据了我，不可防备地占据了我。我总是想起它的梨树林，它惊世骇俗的花朵和沉甸甸的果实，以其汹涌成为时光的敌人，似一颗风吹不灭的星。

我想我是幸福的。因为我有着一段在乡野度过的至情至性的童年时光，尽管它短暂，但这样的经历让我在以后的人生中恒久地保持了一颗朴素的心和良善的品质。我的童年在叶坞村度过，那里有开满山凹的梨花、广阔的田野、血脉相连的亲人……我经常一个人在田埂上坐着默默看我的村庄，我观察一只蚂蚁如何拖走了它的口粮，一朵豌豆花怎样在一秒钟里就蓝了，一个土豆慢慢变圆变大……也许它们也是一颗诗歌的种子吧，早早地埋进我的身体里。叶坞村不光有美好的汹涌的春天，也有难以尽述的悲苦，山冈上盛开梨花也葬着我的亲人。事实上我一直试图从内心出发到广袤的自然中去，那里有善和美。善和美是需要心灵和爱去获取的。在物质世界里不曾企及的，在心灵之间已来到。童年经验，童年的各种感受、印象、记忆、情感、知识、意志，它们对一个人的个性、气质、思维方式的形成和发展起决定作用。

赫塔·米勒曾说"最有意义的生活便是在罗马尼亚"。她强调的是人类永恒的故乡的意义，地理的精神的双重故乡。她意识深处那个"永远回不去的故乡"经由语言被拉近，抑或"重生"。对于我来说，故乡既是一个具体的地名，也是一个抽象的词。有时它是我身体里无法剔除的毒刺、钉子、锈迹、疼痛、绝望、欢喜、依恋。有时是与生俱来的湖泊、丘陵、稻谷、一只雁、一个说方言的乡亲……是肉体的出生地也是灵魂的归处。它们合成一个寂静、温暖而古老的词：故乡。

# 锦 瑟 （组诗）

## 清 晨

河对岸苦楝树林
传来灰斑鸠的叫声
高一声，低一声。传到这儿
就很小很小了
只有微弱的一点
却依旧清亮的
要滴出水来

像某一年
那种急切的低低的呼喊
坠在枝头
在风中摇晃着，就永远消失了

但我肯定
听过的人，身上会一直
挂满了它的水汽

## 锦 瑟

有人从断枝中发现新鲜
木耳、蘑菇
有人溪中拨弄
流水的琴键和消亡史
有人在街头满腹心事

　　　　　　　　　　　　　　　　煮酒
　　　　　　　　　　　　　　　　177

提着装满白菊的花篮
有人给旧事培土锄草
有人独坐山冈乱石堆上
抽烟，发呆

这一日，仲春与暮春交替
古人、今人
各安其处，各添万古愁

唯有一只鹧鸪闲来无事
随一缕青烟去了
一个被雨淋湿的朝代

对另一背影青翠的鹧鸪
发出了隔世的急切的
哀鸣：
"玉溪生，玉溪生……"

## 横　溪

阵雨使它充盈，饱胀
石埠上，一只旧竹篮装着
刚摘的茄子、豆角

后来，浣洗的妇人提着它们
蹚水去了对岸

我们沿溪轻快走动
偶尔手臂碰触到一起，触电般

事实上，我们在世间已分离得太久
那些久违的喜悦或绝望
皆来自前世

那一次，我们目睹

横溪不舍昼夜，自顾远去

难道，在时间的跑道上
它也是一匹不能回头的马？


## 白　鹭

它厌倦了哭泣
泪水里的珍珠，要节省着用

它厌倦了遗世独立
随一首古诗，遥上青天

它厌倦了枯萎
突然打开的翅膀里
有一条狭窄小路

野蛮的、野性的、温柔的、暴力的
时间的、命运的、依恋的、绝望的

它厌倦了词语
缄默着
它仅仅是
一封从八百年前寄来的信


## 如果在唐朝

那时
我躲在阁楼里给你写信
窗下，河水潺潺，一篱豆角
着翡翠青瓷小衫，正是
最好的年纪

古老的大运河，仍从街区南侧

一穿而过
码头上，叫卖栀子花的姑娘
声音甜糯

而你呢，正在廊棚尽头
洗一副蒙尘的马鞍
面颊温暖，从不轻易开口

那时，人世清明
我只管
躲在阁楼里
专心给你写信

唐朝那么长，刚好足够我
红着脸将你的名字写完


## 馈　赠

雏鸟乌溜溜的眼瞳
小路旁兜售山货的孩子

屠夫走向他的羊
天南星，在深谷自生自灭

因为爱着你
我也秘密爱着这人世的熙熙攘攘
和万物的无辜


## 雷雨之后

婆婆纳蓝着，密密实实的
但孤独仍在

跛脚养蜂人搬运滴着水的木箱

山坡温暖明亮，但孤独仍在

无用之物填充了生活的剩余
直到，黑夜来临

北斗的指针在一张圆月的唱盘上
潮湿游走

如同百年前一样


## 偶　得

河流为何拐弯
野樱桃为何绯红
卵石为何风化
老虎为何沉默

卵石独卧成佛
猛虎，点燃寂静之火
一颗樱桃覆盖另一颗

流水的琴键，为何日夜单曲循环
虚无之物，为何自成利器


## 在遥远的樱桃树下

想做的事
都做过了
没有完成的
亦会继续抱憾一生

一颗樱桃落了
另外的
也跟着落了

一半，像临终的关怀
一半，是刚刚咽回的一句
般若波罗蜜多心经

那些，孤悬着的
花呀果呀，那些遥远的
簌簌掉地的……


## 山水课

青山埋骨
细沙藏足
流水还魂，靛如蓝

光阴虚掷弹丸
春光中多慈悲，游走着
短命鸟兽和斑驳花枝

你要做风扫空阶的修行

采风

Collect folk songs
**Poetry appreciation**

　　2018年9月5日，由全国首家女性诗歌MOOK《诗歌风赏》编辑部与陕西靖边县文联共同主办的《诗歌风赏》"靖边诗会"拉开了帷幕。

　　来自全国各地的女诗人代表娜仁琪琪格、三色堇、白兰、草人儿、谈雅丽、宁颖芳，嘉宾周所同、魏建国、王国伟、苏继华，同靖边本土诗人作家朱小林、武丽、烟雨、薛筱郦、周文婷、杨明国等40余人参加了此次采风活动。

　　在靖边县文联主席、诗人霍竹山的陪同下，诗人们在为期三天的采风里领略雄浑的大漠风光，在红墩界镇神树涧、毛头柳下留身影，拜访神秘的大夏国都统万城遗址，惊叹古人的智慧，参观靖边博物馆，震撼于三边的历史文化厚重，坐船游历奇妙的水上丹霞，诗人们不断发出一声声惊呼，赞叹造物主的神奇、伟大；在靖边中学，周所同先生的"美国现代诗歌漫谈"讲座，座无虚席，每一位在场的人都受益匪浅；讲座由霍竹山主持，诗人们和靖边中学的师生也进行诗歌交流、互动；参观三五九旅旧址，观赏盐湖，游览蜿蜒的秦明长城，赞叹中华文明的一个个奇迹。浓郁的塞上风情，迎面而来的撞击，激荡着心怀，它们将汇聚于诗人们的笔下，成为隽永的篇章。

# 在靖边低吟浅唱（组诗）

■ 草人儿

## 统万城

第五朵云彩飞落城墙
统万城，一座云朵的城
回不回望都已经飞离了大夏国

一座沙泥的城
用残败的土墙和与天相接的空白
晾晒着一段历史
这里有过辉煌有过一座城的威严

四野苍茫　沙柳飘摇
风，此刻或远古
你见证过什么都不必说出来了

## 毛头柳

一束光封住了一棵毛头柳的顶端
另一束光劈开了一棵毛头柳的根部
自由的灵魂从一棵树的中间穿过

靠近毛头柳黑黢黢的树皮
轻轻的
除了借用一阵风
我还借用了一阵雨
风雨中

我甚至动用了前半生的疼痛
除此，我知道
我们无法成为朋友


## 靖边水上丹霞

湖水碧绿，清风荡漾
一叶扁舟荡在湖心
山体微红，绿树葱茏
白色的皱褶里藏着云朵的吉语
一团给我一团给娜仁一团给三色堇一团给宁颖芳

临水顾盼，这个叫丹霞的女子
半壁间挑起的黑冠鸟巢
镶在高处
如同睁开的一只眼睛，望着蓝天望着湖水
此刻，若有箫声入耳
谁能断定这可以乘舟荡漾的湖水
不是神仙与我们同行的水路


## 夜游芦靖湖

风吹水波，夜色朦胧
一排岸边的树木将自己的影子装进了水里
像一个倒装句
试着解读自然的另一种可能

滋润是人间一个美好的词语，树似乎也懂
树影闪动，树叶很快便被一层薄薄的夜色覆盖

芦靖湖深
深深地藏着人类和树木共用的一个词语
美好而不外漏

# 靖边题记（组诗）

■ 三色堇

## 波浪谷，我有太多倾诉的欲望

波浪谷刻满了时间的波纹
你纷涌的姿态比亚利桑那更俊美

我喜欢这凝固的火焰与时光的舞蹈
炙热，宁静，神性，让我挥霍了所有的赞美

你与晚霞融为一体的时候
我有太多倾诉的欲望

我被这大地上最俊美的肌肤所征服
闭上眼睛，满眼都是红色的往事

我被亿万年前这古老的火焰所颤栗
面对这光与色的每个表情

我能对你说些什么？
请你聆听一个理想主义者内心的狂欢

## 探访统万城

雄浑，坚韧，高耸的断垣
让时间在此凝固成历史的厚度
让赫连勃勃的马鞭响彻旷野
我在支离破碎的瓦砾中

依然能感受到大夏王国的霸气
疆土辽阔，铁骑哒哒
浮生若梦，我似乎看到了城墙上站立着的
最后一位匈奴
这孤独的守望者依然手握长矛
目光如炬，草丛里的秋风是否目睹了
这圆缺不定的人生
我看见雨水像苍茫的句子爬满了
颓废的城堡
一个大夏帝国，一场暴风骤雨
在历史的长河中化作尘泥
我远远看着这一切
一片褪色的荞麦花暗合了我的记忆


## 西北平原上的向日葵

我更愿意相信这些热烈的燃烧的色彩
就是梵·高的向日葵
油画般的美景在旷野里发出金色的光芒
有人在等下雨，有人在等深秋
而我在渴念中等这近距离的相遇
等这情深义重的向善之心
无论岁月如何纷扰
它始终保持着一个姿态
熟练地向万物致礼的姿态
它的每一缕金黄都显得特别珍贵
即使到了深秋，落日开始辽阔的时候
作为存在的目击者
我依然能够看到那一株株向着东方的身影
与我肝胆相照
在世界的田垄间，它更接近阳光的本质

## 靖边诗篇 （三首）

白兰

### 黄昏中的芦定湖

黄昏一落　芦定湖更静了
万物归隐时
它还在捧着一颗悲悯的心。

我来时　一只小鸟拖着巨大的黄昏飞过
芦定湖没有了倒影
孤独显得庞大
总有一些东西　一去就追不回来。

晚霞隐于远山　岸上一片空旷
一颗星
发出针尖一样的微光
万水千山总关情啊　这肃穆
静过了边界

### 信天游

在大漠里长　在冷峻的风中活
荞麦花谢了
你给远来的朋友唱信天游……
那带着陕北大风凛冽的调子
那带着古老的血和情的调子
泥沙涌入　光华绽放
一股清泉从胸腔里冒出来

漫天的星光撒了一地。

今晚风很大　芦河流得九曲回肠
适合酒醉
醉中的语言有了翅膀。今夜银河烁动
你心里的秘密
野草一样疯长
今夜啊　大漠上的隐子草对着风沙说了悄悄话
一颗流星划过时
月光不多不少
刚好填满你寂寞的心。


## 波浪谷

是什么按住了大海的流动？
时间坚硬
水也可以成为化石。

这是一场暴动
一场俯冲而来又泥沙俱下的沦陷
满谷的波浪里　无法寻觅到失散的鱼群。

千年的祖先在这里点燃过炊烟
千年的祖先在这里荡漾过小舟
如今我走在波浪谷
头上的风甩着长袖：望断崖谷
一群海水　至今还未流向大海。

# 靖边，风沙吹起的古城旧梦（二首）

■谈雅丽

## 风沙吹袭统万城

世间流动之物都蕴含破坏和再生的力量
比如风沙，比如泥石流，比如火山，再如流水
我相信是无定河催生了统万城
相信那里长流的水，诞生了一座新的城堡

十万劳工灌浆煮土，夯土筑墙
蚁一样的工匠忙碌，拼命，精雕细刻
修筑出这座幻想中不灭的金城

当时烽火战书，我相信赫连勃勃手中两个皮壶
一个装着匈奴的奶酒，一个装着无定河的清水
他统一天下的雄才大略
注定要毁于世代燃烧的战火和硝烟

我相信真正的风沙是一层层扑来的
它掩埋了古城的铜墙铁壁
我眼中所见之物都在时光中被毁
只剩下星辰断裂的轨道
无边荒凉旋即席卷——最后的城墙

我相信永恒之物，都不比
无定河的流淌更加亘古而持久
远处黄岭层叠，古城被埋
近处白云苍狗，天涯路远

## 虚幻的大地：明长城遗址

只有旷野能成就人类精神的乌托邦
荞麦花开败了一季的轻紫轻粉
在秋风中站立的——
是时光的幸存者

顺着蓝色风漫延到地平线上
顺着风沙漫过黄土丘，漫过荞麦地
五里墩明长城——
我叫它虚幻的大地

我们的来访相当于一次攻陷
城池失守，千年前的士兵点燃最后一堆狼烟
但只有古城墙残存的缺口
徒然留下星星坠落的印迹

我们放肆到要穿过地道盗取他的柴堆、兵器
我们喧哗，要惊醒他地底的沉睡
我们遗憾地跺脚，为了延续下来的荒凉
我们在巨大土堆前站立、拍照和叹息

脚下荞麦花开，身边丘谷漫延
头顶白云悠悠于巨鸟银翅低飞的时光

# 边塞之秋 (三首)

宁颖芳

## 统万城的风

千年了，繁华成空
看不见刀光剑影，听不到羌笛胡笙
只有长风浩荡，携着冷月寒霜
掠过白色的城垣

狼烟散尽，流沙如雪
大地上，红柳、沙蒿郁郁葱葱
一棵榆树，仿佛孤独的王
在天地之间高昂着头

永不生锈的风
年年如约而来
抚摸一下城堡的骨骼
等着收割一茬茬的荞麦和玉米

## 在印子沟看云

云卷，云舒，云易散
可在印子沟，云朵却是长出来的
这么蓝的天，它们舍不得离开片刻
于是生了根，长成一棵棵白桦树

一池碧水，是守望的眼睛
从不起涟漪，生波澜

只为了看清高处的云朵
那不染一丝尘埃的洁白

千帆归来，都泊在静谧的水边
仿佛永远不会散去的盛宴
千杯万盏，我早已大醉
我没有看云，而是在看一幅油画

## 龙洲丹霞

亿万年有多长？
砂岩的书页，要有多厚多重
才能载动，曾经的惊涛骇浪

河水凝固，收起了晶莹的波光
螺旋静止，停下了飞翔的速度
风把云朵当成一枚枚钉子，摁进年轮深处

这绝版的图案，美丽而神秘
有无人破译的密码和真相
有藏在水流里，从来不熄的火苗

# 靖边诗草（二首）

娜仁琪琪格

## 远眺，龙洲丹霞

惊叹大自然的伟力，龙洲丹霞以波浪翻涌
跌宕起伏，出现在眼前时
颠覆了所有对于陕北高原的概念与洞见

这庞大族群的化石，是从亿万年前的侏罗纪开始
巨大的沙丘沉积，沉积，在大地母亲的宫腹中
转换，滋生，新的胚胎发芽。
一切都在悄悄地发生
集聚着巨大的能量，那些铁和锰，钙质的坚硬与
柔软浩荡的波涛

天地造化。以亿万光年的速度，缓慢的耐心
细致入微。那些轻柔的抚摸、低语
仰头里的阳光、月色，满天的星斗、满目的山河，
银河清澈，云卷云舒。
俯视与低伏中的雨水、泉源，花开花落
分分秒秒。日日月月年年
不曾倦怠——

高原上的厚重黄土是衣钵，是裹紧胎儿的皮肤
它的粗粝，饱含细腻的深情
风、雨、时间，它们对换眼神，交织，切磋，磨合
最终达成默契、和谐，雕琢成完美的杰作
呈现于天地间
相遇是造化，是震撼。深入就是美的饕餮大餐

时光是最好的雕刻大师，它留下优美的指纹与漂亮的切片
我站在远方眺望，感慨
转身离去，遗憾转换深情的期待


## 浅读，明长城五里墩

战火、烽燧，都淹没在了时间的深处
此时，我们看到的长城，在毛乌素沙漠中
成为沙漠的一部分。
逶迤凸显于地面的，和偶尔冒出来的
是散落，遗失的残章、断简
我们在这些逗号、句号、破折号后
画出一个又一个问号
感叹号

眼前的这个硕大的墩台，据说早于所在的长城
有长城第一墩的美誉
早已卸甲的它，固守着坚定
在风声、雨声、丽日暖阳中凝望
沉思，静默

寂寥——
比它身体上生产出的茅草、荆条
更寂寥
比毛乌素沙漠上的沙棘、红柳，偶尔飞过的鸟儿
更寂寥

# 边地短歌（组诗）

■ 周所同

## 去靖边的路上

之前两次到过靖边。加上这次
往返三次的路有点像背书
列车翻开山水，又合上万物
仿佛一边牢记一边淡忘

窗外的落木、草木皆被霜白
全是隐忍、抵抗和舍命的颜色
多么吻合我此刻的心境
不甘迟暮或失败，依然还在路上

前方就是靖边是唱民谣的故乡
吼一声想亲亲，我还是那只回家的老羊

## 波浪谷

于凝固中流淌。反之也是
丹霞之火逼面而来
灼伤过路的草木和云彩

溅溅水声亦真亦幻
可栽桑可植麻也可被渴死
新修的栈道顺应山势或潮流
仿佛怜惜千年攀援扭曲的痛苦

据说，山中真有许多湖泊
未见未知的东西一定太隐太美
像我向往的玄学、禅意和神秘主义！


## 统万城

曾经的繁华与一统，比真实远
比想象近
千年的大风吹来吹去
时间不语
一切已变为废墟

残垣上垒砌着羊圈，壕沟里长满
红柳，蒿草、刺蓬、沙枣树爬上烽燧
不知名的野鸟已在上面筑窝

防护林带之外，无定河与毛乌素沙漠
一边流淌一边依旧互为仇敌
我与蓝天白云拍照，尽量隐去内心的波涛


## 民谣与剪纸
——兼致竹山夫妇

两只山雀儿一前一后
在低处飞，相互看一眼
交换了翅膀和羽毛。哥哥呀妹妹

信天游里跑马，指尖上舞蹈
迷恋什么，什么就是相好的秘密
亲呀亲亲，守住灯盏才知明暗意义

朴素至简与自然之美
爱到单纯才会长久。亲亲呀亲
高低相跟上走哇，无论谁是谁的背影

# 在毛乌素风沙线上 （组诗）

霍竹山

## 漂在河上的鱼

漂在河上的鱼
目不转睛地盯着天空
回忆着昨天的欢乐

漂在河上的鱼
来不及告诉不懂事的小鱼
尾鳍摆不动的渴望

漂在河上的鱼
一片白花花的冷月
像献给谁的花圈

## 砍倒的树

砍倒的树死不甘心
又将嫩绿悄悄从躯干冒出
像小学生争着举起的手掌
向蓝天发问

多少年过去了
砍倒的树又伸出黑色的耳朵
耐心地倾听大地的声音
只是没人理会它的执着

采
风
199

## 沙地柏

沙地柏是一种灌木的名字
沙地柏也是一种植树者的名字

这种能在旱风里生长的植物
只要有一株找到蛰伏的位置
就能打一个漂亮的独木成林的伏击
歼灭四面八方的荒凉与孤寂

这个在沙里大半生的植树者
与沙地柏有着同样的坚强的禀性
一把忠诚闪着银光的铁锹
让春天和鸟语多么真实
沙地柏是一个植树者的名字
沙地柏也是一种灌木的名字

## 失业的拦羊铲

羊们一只只被囚禁了
所犯的错误终于让人们发现
信天游的羊们被囚禁了
但不乐意的不是羊们
而是失业的拦羊铲
褐色的锈斑最让那只
爱偷吃的头羊高兴
改了行的老羊倌望着馋嘴头羊
又点着了一锅老旱烟

# 生活在陕北（组诗）

常好

## 看龙舟丹霞

红粉撒向岩，绿灯投放河
一点不剩
来到这里，每靠近一点点，更蓝
我忘记从蓝天到名利
所需要的
只有鲜活之生命
"冬天，红岩里的雪白，是你异乡圣洁的邀请"
我身体里龌龊的那部分，怎么来承受
如此红、白、蓝
绿湖里的青苔，峡谷里潜伏的龙
不厌弃
不说话

## 盐 白

苟池那里，银白如雪铺地
渗出血
南风至，风起波生。沙草鸟，来来去去
水凝盐，苍凉
这是大地赠予人民的最后庇护
避开人间无味的饥荒

我跪地，在一口盐泉那里
口含一味中药，换一口盐

故事再多，也不及百姓人家的这一口
久居这里，依然是美的


## 生活在陕北

我摸不到大地的心
整整四十八年。挑水劈柴教书患病
简单的生活，我摸不到诗句的想象力
视之为生活的早晨或下午
视而不见
在这里，没有一朵花为谁盛开又凋谢
来来往往
我只信赖从前，信赖黄土、荒凉、黄昏
这么快
就形单影只，空洞，老的样子

## 白城子的一粒沙

1600 年前的一粒沙
在一把火那里咽了气
断了光阴、战火纷飞与消失的疼痛
而今，继续离散的尘沙
触摸王城末日
到星空之上，飞着
俯视 1600 年里留在人间的同胞
忍受的苦难与无端幸福
看流水变红，荒野变绿，飞鸽传书
多多少少的大夏故事演绎着最后的匈奴
他静止不前，听任后世安排
这是多么重要的事
多么重要，让你来到这里多一次面向君王
确定曾经有过的繁华
垂下来时骄傲的头

# 靖边采风（组诗）

林子

## 水上丹霞

谁不小心　打翻颜料筒
将大地染得　通红一片
恣意的泼墨写意
岁月的刀刻斧凿
铸就赤地精魂

蓝天白云　绿树村廓
一湾碧水映千年
半崖上那一排窨子
迷离闪烁着过往的
神秘传说

## 五里墩

残损的古长城　仿佛一条
若隐若现的巨龙　伸向远方
静默的五里墩　宛若
巨龙高昂的头　矗立于
蓝天白云下

烽火台上　再没有狼烟升起
不见旌旗猎猎
不闻炮声隆隆
峥嵘岁月　金戈铁马

皆已逝

风在耳畔呼啸
大地苍茫
秋草萋萋
悄然回眸　一派生机
映秋阳


## 盐　湖

由水变做盐　要经过多少
风吹日晒　就这样仰卧
大地上　淡定地与蓝天对视

炫目的色彩变换　脸颊上的
潮红　只为捧出心窝里
白雪般的圣洁

能够铭记一生的味道
爱便爱得浓烈　日子不再
寡淡无味


## 统万城

妄想一统万年　却被
黄沙湮灭　只剩一座
空旷的白城子
供后人凭吊　遍地瓦砾
沙地上　红柳疯长

坚不可摧的城池　难敌
世情民意　自古帝王无情
繁华从来一梦
歌舞升平终落得
尘归尘　土归土

# 边 地 （组诗）

■ 周文婷

## 毛乌素沙漠的梦

忽胖忽瘦的北风中
你的寂寞越来越旧
小城的人口口相传你的心事
成为你眼底最新的素描

不苟言笑的沙粒
一个劲地苍凉给北方看
那种执拗
我，每天都见着

你想听听外面的世界
可惜，太阳和月亮不说一句话
你的腹部升起的绿洲和村庄
成了你的人间

如今，你与草木对视
脾气温和了不少
那些生命中的狂草也变成了小楷

## 无定河与北风

头顶的民歌开始飞的时候
你的性情越加平稳
你收留的风声、哭声穿堂而过

暗藏的隐疾
始终忍着不说
径直走进无数个春天

皇天不负
你修炼成了小城精神的道场
你源源不断写给北方的史书
都被我和我的子孙铭记

你说你从没忘记
陪着你的
还有一刻未停的北风

北风同样没有忘记
因为你
这片土地不再失聪

## 小城故事

所有写尽的梦
都从不同的方向和地理给我献殷勤
从北方的统万城开始
怂恿风继续往北吹
直到我父亲母亲的身体
伸进毛乌素沙漠的五脏
我从无定河的眼角
升起一轮弯月
那些日夜奔跑的泪水都向北流
这场梦终于有了续章
只看见自己的来生
从南方流浪归来
星星又多了几颗

# 古 柳

## 古　柳

满面沧桑的古柳
树心已被时光腐蚀一空
而苍老的树皮与根却顽强地活着
为枝叶提供风中的吟唱
年复一年

白云远去
天空蓝得有些耀眼
麻雀把家安在古树隐蔽的角落
躲在农历的节气里生儿育女
清脆的鸣叫声
让黑黢黢的古柳年轻起来

在宁静的夜空
虬曲的古柳似村庄的竖琴
弹拨生命的乐章

# 小河会议旧址

张柳青

## 小河会议旧址

走进小河会议旧址
我突然听到一阵滴滴哒哒的电报声
一段光辉的历史
在正午的阳光下站了起来

吉祥的窑洞
还在讲述着他们转战陕北的历程
万园台那棵伟人亲手种下的杏树
又绿了许多　高了许多
窑洞里的那盏油灯
还在燃着可以燎原的星星之火

旮旯沟这天然的大会堂
还传着"努力奋斗，迎接胜利"的洪亮声音
我看见镰刀和锤子指明的方向
平凡的小河平凡的小河村
时隔七十年我真切地看见了
不平凡的精彩

统万城随想 ——————————————

## 统万城随想

英雄的剑光已被时间饮尽
空留一统天下的梦千年不醒

一段白色的城墙荒芜在夕阳下
寸草不生

朔风无言
君临万邦只是枭雄的一厢情愿

一只灰雀从废墟里飞起
放羊人在唱"想亲亲想得我胳膊腕腕软"

谁的一声叹息
掉落在沙漠的落日中

# 穿一条红裙在波浪谷

■ 草果儿

## 穿一条红裙在波浪谷

波浪谷如梦中的红纱
让我一次次地顾盼留恋

穿一条红裙在波浪谷
在早晨的风中
以蓝天和白云作背景
展示青春，和波浪谷比试一回

我看见
一株蓝色的白沙蒿在丹霞上盛开
一只黑鹳从水中飞起

# 白 城

■薛小荔

## 白 城

用一竖把从前和现在隔开
一座白城
更换了封面转换了时空失落了姓名

不想再说起千年
也无意牵扯到半句历史
累累地伫立成一个符号
在蜂拥而至的表情里面无表情

一统天下折戟
君临万邦沉沙
独坐在午后又一拨缅怀的目光里
白城早就习惯了打盹

只有风在诉说
所有的遗迹都叫末路英雄

# 风从统万城刮过

## 风从统万城刮过

风从蒙古高原刮来　毫无遮拦
所到之处便是秋天
软绵的小草却多了成熟
一棵树　一半伸向蓝天
一半扎根无定河下

坐在田埂上　古韵从墙垣流出
一半是莺歌燕舞
一半是响亮的军号和操练的步伐
忽然一片树叶忧伤地落下
我不知道是我额头的白发　还是
流动的沙

城墙上的鸟窝
几只鸟在树头飞上飞下
不停地叫着

采
风
212

# 在盐湖额吉井

## 在盐湖额吉井

我们无意中谈起井
兵荒马乱，和一个人的内忧外患
也无意中想起伯益，一个无人问津的人
井边的野花早已经凋谢
青涩的少年也渐行渐远

我们也饮酒
妄想一口饮尽人间悲欢
就这样蹉跎，在醉醒间浮浮沉沉
说起下一次相见，未来如烟
恍惚而不安，远方灯火阑珊

最后我们饮茶
在盐湖，从清晨到日暮，忘返流连
我是新来的客，也是久别的人
只是我们不愿意承认，时光亦如井
终会无迹可寻

采
风

213

# 在白发里打坐

■ 武丽

## 在白发里打坐

在不会腐蚀的清水中
回望，白发落下
盘腿成寺
那些白，坐在旧年的桥头

反锁的湖岸，撑起
红色的半壁江山
三边的码头，白昼
与黑夜沿路往返

一案之隔的草滩
固定了荣枯

解开身穿的蓝衬衫，男式的
蓝衬衫，包住白发，像给新娘
蒙上彩绸

蓝衣卸下体内的微凉
包住白，也就包围了地平线上的
无数寂寥

# 龙洲丹霞

王贵

## 龙洲丹霞

夕阳在，地上
燃烧

我们在暮色中相遇
怆然若失的是，火一样的青春
我们天涯若比邻，隔着一帘薄薄的秋天

黄昏艰涩，走过雨水，走过的游客
不知其名，多少年了，血似的波纹
手握时间的伤痕，久立不前

故人的影子在荒草中
随风动了一下

采
风

215

图书在版编目（ＣＩＰ）数据

诗歌风赏　梅香映雪／娜仁琪琪格主编．－－武汉：
长江文艺出版社，2018.12
ISBN 978－7－5702－0764－0

Ⅰ．①诗…　Ⅱ．①娜…　Ⅲ．①中国文学－当代文学—
作品综合集　Ⅳ．① I217.1

中国版本图书馆 CIP 数据核字（2018）第 271940 号

责任编辑：谈　骁　　　　　　　责任校对：陈　琪
书籍装帧：苏笑嫣　　　　　　　责任印制：邱　莉　　王光兴

出版：长江出版传媒　长江文艺出版社
地址：武汉市雄楚大街 268 号　　　邮编：430070
发行：长江文艺出版社
电话：027—87679360
http://www.cjlap.com
印刷：三河市宏顺兴印刷有限公司

开本：720 毫米 ×1020 毫米　　1/16　　印张：14
版次：2018 年 12 月第 1 版　　　2018 年 12 月第 1 次印刷
行数：6200 行

定价：35.00 元